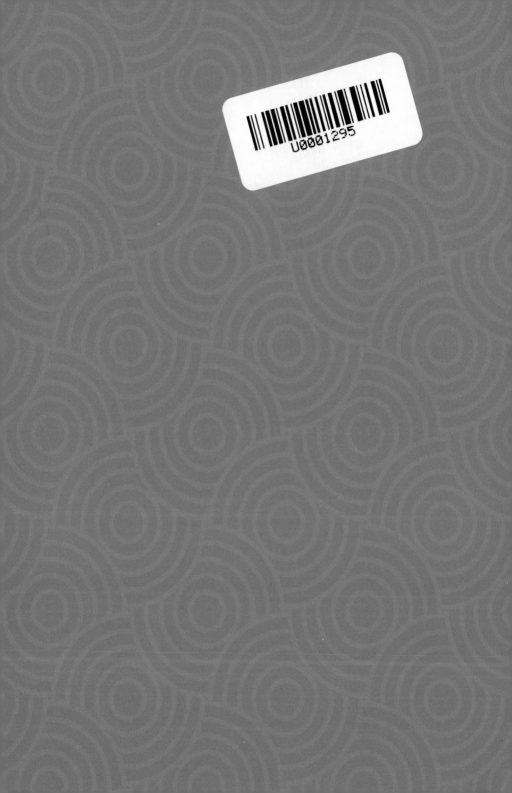

大聖鬧天宮・唐僧巧收徒

1

萌漫大話西遊記

繪時光 編繪

Graphic Times 41

作　者　繪時光

野人文化股份有限公司
社　　長　張瑩瑩
總 編 輯　蔡麗真
責任編輯　徐子涵
校　　對　魏秋綢
行銷經理　林麗紅
行銷企畫　蔡逸萱、李映柔
封面設計　周家瑤
美術設計　洪素貞

出　　版　野人文化股份有限公司
發　　行　遠足文化事業股份有限公司
　　　　　地址：231 新北市新店區民權路 108-2 號 9 樓
　　　　　電話：（02）2218-1417　傳真：（02）8667-1065
　　　　　電子信箱：service@bookrep.com.tw
　　　　　網址：www.bookrep.com.tw
　　　　　郵撥帳號：19504465 遠足文化事業股份有限公司
　　　　　客服專線：0800-221-029
法律顧問　華洋法律事務所　蘇文生律師
印　　製　凱林彩印股份有限公司
初版首刷　2023 年 1 月
初版 5 刷　2024 年 4 月

國家圖書館出版品預行編目（CIP）資料

萌漫大話西遊記 . 1, 大聖鬧天宮 . 唐僧
巧收徒 / 繪時光著 . 繪 . -- 初版 . -- 新北
市 : 野人文化股份有限公司出版 : 遠足
文化事業股份有限公司發行 , 2023.01
　面；　公分 . -- (Graphic times ; 41)
ISBN 978-986-384-817-2(平裝)

1.CST: 西遊記 2.CST: 漫畫

857.47　　　　　　　　　111019445

萌漫大話西遊記 (1)

野人文化　野人文化
官方網頁　讀者回函

線上讀者回函專用
QR CODE，你的寶
貴意見，將是我們
進步的最大動力。

大聖鬧天宮・唐僧巧收徒

1

萌漫大話西遊記

第 3 章
大聖鬧天宮

第 6 章

禍起觀音院

第 7 章

計收豬八戒

第 1 章

猴王出世

✿ 石猴誕生 ✿

在遙遠的東勝神洲，有個靠近大海的傲來國。海上有一座神祕的仙山，叫作「花果山」。那裡景色秀麗，四季花開，簡直跟神仙世界差不多。

仙山上有一塊巨大的仙石，它先天就有九竅八孔，有三丈六尺五寸高。仙石每天吸收日月精華和天地之間的靈氣，就懷了仙胎。不知過了多少年，突然有一天——

「砰砰砰──」仙石崩裂，從裡面蹦出了一個圓球那麼大的石頭蛋。一陣風過，石頭蛋竟然變成了兩眼放光的石猴。

這石猴生來就能爬能走，還懂得禮拜四方。石猴降生的動靜驚動了天宮裡的玉皇大帝。

何方妖孽在那兒發光？

回稟玉帝，是花果山一塊仙石所化的石猴。

原來是隻小毛猴啊，不必擔心。

石猴稱王

花果山上本來就有許多猴子，石猴跟他們一起餓了吃瓜果，渴了喝山泉，日子過得快活極了。一天，猴子們到山澗中洗澡，看著奔流不止的瀑布，不由好奇起這水的源頭來。

這時，有隻猴子提出誰能鑽到瀑布裡找到水的源頭，出來時還能毫髮無損，誰就是花果山的山大王。

話音剛落，只見石猴眼睛一閉，猛地撞進瀑布中。

石猴睜眼一看，瀑布裡原來有一個大石洞！這裡沒有水流，卻有一座鐵板橋。石猴跳上橋頭，四下張望，只見洞中間有一塊石碑，上面寫著「花果山福地，水簾洞洞天」。原來這個石洞叫水簾洞呀！這裡石桌、石椅一應俱全，就連廚房裡的器具都有。

哇，這是到了仙界了？

花果山福地

水簾洞洞天

石猴高興壞了，猛地又鑽出瀑布。眾猴立即圍上來，打聽瀑布後面到底是個什麼樣的地方。一聽說裡面別有洞天，猴子們又驚又喜，紛紛跟著石猴跳進瀑布。

進到洞裡，猴子們立刻鬧翻了天，一個個搶盆奪碗、占灶爭床。

石猴喜滋滋地跳上寶座，高聲大喊起來：「做猴子要有信用，這瀑布我如今進得去又出得來，還給大家找了這麼個洞府，你們是不是該拜我爲大王？」

石猴大王，萬歲！

美猴王！

「石猴」不好聽，換個名字。

大王心性靈清，長相俊美，就叫「美猴王」吧！

美猴王？嘿嘿，好，就叫美猴王！

美猴王！

石猴從此自稱「美猴王」，還給手下的猴子們封了官。白天，他們在花果山吃喝玩樂，晚上，就在水簾洞睡覺，就這樣逍遙自在地過了三五百年。

快下來啊！

花果山

✤ 出海學藝 ✤

一天，美猴王突然覺得非常煩躁：「唉，雖然我現在過得十分
快活，但是我早晚都會老死啊。」其他猴子聽了，也跟著擔憂
起來。這時一隻年老的通背猿跳了出來，勸大夥兒不要過於煩
惱。

> 只要到海外的洲找到仙
> 山，向仙人學得仙法，
> 就可以長生不老。

> 一個仙人都
> 搜不到呢！

在通背猿的指引下，美猴王決定去遙遠的仙山尋找仙人，學習
長生不老之法。猴子們為美猴王舉辦了盛大的歡送宴會，又替
他備足了仙桃異果，好讓他在路上吃。

> 仙師在海外仙境中，
> 離花果山遠著呢，
> 大王三思。

> 歡送會都辦了，才
> 告訴我三思……

海外留學歡送會

離開花果山之後，美猴王乘著枯木編的筏子漂洋過海。正遇上海上吹東南風，他終於尋到了南贍（ㄕㄢˋ）部洲地界。

美猴王看見海邊有人捕魚、淘鹽。這些人不穿樹葉而是穿衣服，他也想弄一套，於是，就故意跳上岸嚇唬漁夫。眾人見了他都嚇得丟筐棄網、四散奔逃。

美猴王套上晾曬在海邊的衣服，來到人類生活的世界。他聰明伶俐，很快學會了人類的語言和行為。

可他遊街串巷八九年，看到的都是爭名奪利之輩，沒有什麼佛道神仙。

美猴王猜也許西海外會有神仙，於是他又紮了個木筏漂過西海，抵達西牛賀洲。登岸後，美猴王發現自己來到一處草木茂盛的高山，四下風景如畫。

相逢處，非仙即道……

剛一登岸，他就聽到一陣歌聲。循著歌聲找過去，美猴王發現唱歌的是一個樵夫，他連忙向樵夫行禮。

真是踏破鐵鞋無覓(ㄇㄧˋ)處，原來神仙在這裡！

老神仙，弟子有禮了。

罪過，罪過。我一山野粗人怎敢當「神仙」二字？

不是神仙，怎麼會唱神仙的歌？

這猴精還會穿衣服？

那是住在靈台方寸山斜月三星洞的菩提祖師教我的。

根據樵夫的指引，美猴王終於來到菩提祖師的洞府前。只是大門緊閉，美猴王不敢敲門，便爬到一旁的松樹上摘松果吃。過了一會兒，一個仙童從洞府裡走了出來。

我家師父說門外來了個修行的，讓我來接待，原來是你……

哇，果然是神仙！

美猴王跟隨仙童進了洞府，這洞府深處有數不清的宮殿和樓閣，清幽不同市井。美猴王心中一陣歡喜，知道這是找對了地方，一見到瑤台上的菩提祖師，便拜了起來，請求菩提祖師收自己當徒弟。

你姓什麼？名叫什麼？家住在哪裡？

菩提祖師

師父！弟子漂洋過海十多年，才找到您這裡。

我無「性」，是個沒有脾氣的猴兒。

我家住在東勝神洲花果山水簾洞。

美猴王不知道「姓」是什麼意思，還以為祖師在問自己的「心性」。這樣一隻傻猴子，把菩提祖師給逗樂了。

菩提祖師看美猴王誠心誠意拜師求學，就為他賜名並將他收入門下。

悟空得了姓名後，菩提祖師教他許多禮節。悟空每天都要和師兄弟一起打掃院子、挑水澆菜，不知不覺度過了七年平靜的時光。

一天，菩提祖師登壇講道，悟空聽得抓耳撓（ㄋㄠˊ）腮、手舞足蹈。祖師質問悟空為什麼不認真聽道，悟空說自己是聽到妙處才這樣的。祖師便問：「既然你能聽出妙處，那你來多久了？」悟空只記得自己在山後的桃樹上吃了七次桃子。祖師又問道：「那就是七年了，如今你想向我學些什麼道呢？」

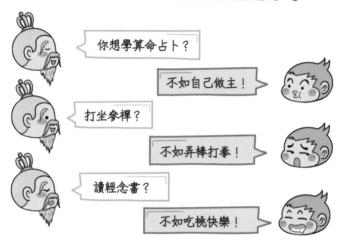

問來問去悟空只想學長生不老之術。菩提祖師聽完，立刻起身跳下高台，用戒尺在悟空腦袋上打了三下，倒背著手，走進裡面，關上中門，扔下眾人走了。

到了半夜，悟空偷偷從後門進入菩提祖師的房間，看到祖師正在睡覺，悟空不敢打擾，就跪在榻前。不一會兒，祖師醒過來，看到悟空果然解開了自己的暗謎，他很高興，於是就把長生不老之術的祕訣傳授給了悟空。

這個祕訣說難不難，說簡單又不簡單，你可記好了……

收到！今晚就背300遍！

從此以後，悟空潛心練功。不知不覺又過了三年，悟空還從菩提祖師那兒學會了七十二變和筋斗雲，一個筋斗雲就能飛出十萬八千里。

就是這味兒……

我變我變我變變變！

徒兒果然一點就通！

一天，悟空的師兄弟們想見識一下七十二變。悟空忍不住想賣弄本事，就抖擻精神，念動咒語，應大家的要求變成一棵大松樹。眾師兄弟連連拍手叫好，不料喧鬧聲把菩提祖師給吸引過來了。

菩提祖師問大家為何吵嚷，衆人不敢隱瞞，說了實話。菩提祖師見悟空賣弄法術十分生氣，擔心悟空再這樣下去會招來大禍，便執意將悟空攆回花果山。

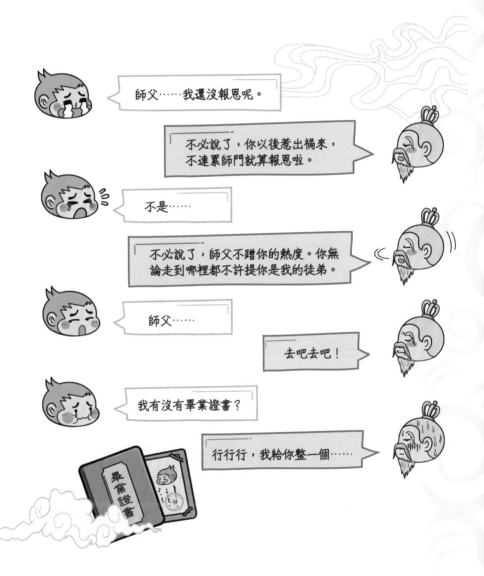

師父……我還沒報恩呢。

不必說了，你以後惹出禍來，不連累師門就算報恩啦。

不是……

不必說了，師父不蹭你的熱度。你無論走到哪裡都不許提你是我的徒弟。

師父……

去吧去吧！

我有沒有畢業證書？

行行行，我給你整一個……

🌸 歸來趕妖 🌸

悟空含淚告別師父和師兄弟們，然後駕起筋斗雲，不到一個時辰就回到花果山。悟空走在路上，聽到山裡猿猴和仙鶴淒厲的叫聲，心中一陣難過。

花果山的猴子們一看大王回來了，激動得淚流滿面。

原來，在悟空離開花果山的這段時間，北邊的一個混世魔王強占了水簾洞，還搶走了很多東西，掠走了很多猴子。悟空大怒，駕起筋斗雲就去找混世魔王報仇。

哼！什麼混世鳥魔！
不知道花果山姓孫嗎？

北

悟空一路向北，見到一座高山，山崖前有一個水髒洞，悟空停在洞口叫陣。聽到悟空的喊叫，混世魔王走出洞口，發現外面站著一個身高不滿四尺、赤手空拳的猴精，不由得哈哈大笑起來。悟空見魔王竟敢小看自己，跳上前去掄拳就打。

哪來的矮窮搓小毛猴？

你這沒見過世面的潑魔，吃我一拳。

混世魔王

混世魔王塊頭雖大，卻不靈巧，很快就落了下風。悟空拔了一把毫毛，變出兩三百隻小猴往魔王身上撲去，打得那魔王滿地找牙。原來悟空身上的八萬四千根毫毛，根根能變，想變什麼就有什麼。

打敗混世魔王之後，悟空救出被魔王抓走的小猴，帶著這些小猴和被魔王搶走的東西，一起駕著筋斗雲回到了花果山。大家按大小個排列，一起禮拜猴王，並安排酒果給悟空正式接風。

大王是老孫，我們就是二孫、三孫、細孫……

孩兒們，現在我姓孫，法名悟空。我們這一門都有姓氏了。

哈哈哈，我們都姓孫。

悟空自打敗了混世魔王後，就每天帶著小猴子們操練武藝。他還施法術，把傲來國的兵器庫搬空，用來武裝自己的猴子大軍。花果山四萬七千多隻猴子齊聚，驚動了周圍的七十二洞妖王，這些妖王紛紛前來獻貢，並拜悟空為尊。

好說，好說。
跟著我準沒錯！

美猴王威武！
我等稱臣！

望水簾洞洞主
提攜小弟啊。

花果山

⋙ 龍宮尋寶 ⋘

花果山的事業蒸蒸日上，但是悟空始終沒有一件趁手的兵器。一隻老猴子看出悟空的心思，便指點他去離水簾洞不遠的東海龍宮碰碰運氣。

悟空來到東海邊，捻著避水訣，直接鑽到東海海底，
正好遇見了巡海的夜叉。

我是你家老龍王的近鄰，花果山聖人孫悟空！

什麼人擅闖龍宮？報上名來！

夜叉

貴客稍等！

沒聽說龍王有猴友啊。

夜叉趕忙去稟報。龍王敖廣聽說來了個聖人，趕緊帶
著龍子龍孫、蝦兵蟹將到門口迎接，結果發現來的是
個索要兵器的猴精。

老鄰居，聽說你這兒寶物很多，我特意來求件趁手的兵器。

上仙，我馬上給你找把大砍刀。

什麼人都敢放進來……扣你薪水。

東海龍王敖廣

悟空說自己不會使刀，東海龍王便讓手下給他抬出了九股鋼叉和方天戟，可悟空拿起這些兵器耍了一番後，一直吵吵又輕又不順手，這可嚇壞了龍王和水族們。

龍王的秤
3600斤 =36袋海泥
7200斤 =72袋海泥

悟空的演算法
九股鋼叉=3600斤（輕）
方天戟=7200斤（還是輕）

這是吃了多少桃子長大的?!

東海龍王實在無奈，龍婆突然想到一件藏在海中多年的寶物，便讓龍王爺引著悟空前去鑑寶。這寶貝就是大禹治水時留下的定海神珍鐵。

定海神珍鐵的重量：13500斤

這怎麼行？那神珍鐵可是東海鎮海之寶啊！

還是夫人高明！

那猴子肯定拿不動，怨不得咱，借此打發了他就好。

什麼神珍鐵？拿來給我看！

由於神珍鐵太重，東海龍王就領著悟空來到大海中間看。只見前方金光萬丈，那神珍鐵有一斗粗、兩丈多長。悟空見到這般寶物，心中非常歡喜。

果然是個寶貝，不過還得短一些、細一些才順手。

上仙要是拿得動，這神珍鐵就送你了。

悟空剛說完，定海神珍鐵竟然真的細了好幾圈。悟空又驚又喜，又說希望它可以再細點兒，沒想到這如意金箍棒果然如他的意，瞬間就變細了，握在手裡正合適。

悟空興奮地耍著金箍棒。這寶貝的威力巨大，攪得大海翻天覆地，可把海族們嚇壞了。龍王見此情景，心中又悔又怕。

得到金箍棒後，悟空又向龍王索要一套與金箍棒相稱
的行頭。

好個得寸進尺
的猴子！

好鄰居做到底吧！

哎呀，小王實在沒有啊……

真的沒有？問問我的如意金箍棒有沒有！

上仙千萬別動手。那棒子重，再砸，我這龍
宮就成了海鮮粥了。我問問幾個兄弟吧……

龍王惹不起這鄰居，不得不一讓再讓。可他自己能力
有限，只好向南海龍王敖欽、北海龍王敖順、西海龍
王敖閏（ㄖㄨㄣˋ）求助。

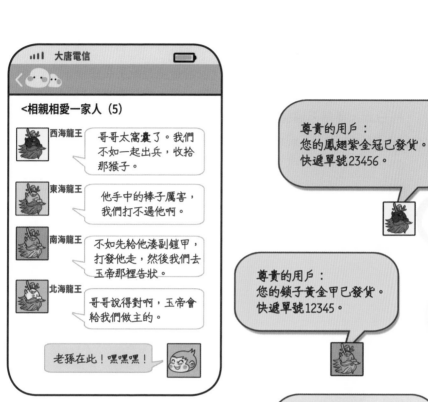

悟空換上龍王們合力給他配的裝備，拿上如意金箍棒，得意揚揚地走了。

客氣客氣，上仙慢走。

上仙有空常來玩啊！

瘟神總算走了。

趕緊寫奏摺……

多謝各位的寶物，後會有期！我多給你們宣傳宣傳，就當酬謝了！

東海小龍敖廣啟奏玉帝：花果山妖猴孫悟空欺負小龍，大鬧龍宮……

悟空風風光光地回了花果山，得意地向群猴展示自己
的戰果，並邀請牛魔王、鮫魔王、鵬魔王等妖王來水
簾洞鑑賞寶物。

大鬧地府

一天晚上悟空喝多了酒，正睡得迷迷糊糊時，看見地府的黑白無常來勾他。悟空跟著他們走著走著，看見一塊鐵牌上寫著「幽冥界」，嚇出一身汗，酒頓時醒了。

悟空怎能束手就擒，他一氣之下直接給了黑白無常一頓棒揍，然後殺進森羅殿。

閻王見這毛臉雷公嘴的傢伙不好惹，趕緊去查卷宗。費了九牛二虎之力，才在魂字一千三百五十號上找到孫悟空的名字。悟空一把奪過《生死簿》，把所有猴子的名字都勾掉了，這才揚長而去。這樣一來，孫悟空不僅能長生不老，還成了不死之身。

這下除了龍王，閻王也將悟空告上了天庭。玉帝本想派人前去捉拿，可太白金星卻建議招安，就是給那猴子封個小官讓他樂呵樂呵，還方便管理。雖然龍王與閻王不是很樂意，但玉帝很贊成。

請陛下給小臣做主，即刻捉拿妖猴。

為一隻妖猴大動干戈，朕很忙啊。

以和為貴！

太白金星來到花果山傳達聖旨，告訴悟空玉帝請他上天庭當官。孫悟空從沒去過天宮玩，於是二話沒說，拉著太白金星上天去了。

大王，給俺喝口水再動身唄！

別廢話了，快走！筋斗雲！

太白金星

「孫悟空」為什麼是猴子的形象？

在《西遊記》中，孫悟空是靈石孕育而成的石猴。他之所以是猴子的形象，其背後有很多原因。

福建順昌寶山寺有很多與「齊天大聖」神猴文化有關的線索，比如設有「二聖」墓，供奉「齊天大聖」和「通天大聖」的神位，甚至還有「孫悟空」的石像。據專家考證，這些文物比《西遊記》成書早了一百五十至二百多年。

驚不驚喜？意不意外？

西遊小百科

猴子的別稱猢猻，也與胡人的相貌有關。《西遊記》中唐僧的原型是玄奘（ㄗㄤˋ）法師，敦煌壁畫《玄奘取經圖》中，玄奘身邊有一個猴相人形的隨從。這個隨從到底是誰有很多說法，其中一種說法認為，這個隨從是玄奘在敦煌所收的第

一個徒弟石磐陀。石磐陀是胡人，當了和尚就是胡僧，「胡僧」與「猢（ㄏㄨˊ）猻（ㄙㄨㄣ）」音相近，久而久之，流傳開來就成了「唐僧取經，猢猻相助」：這就是關於孫悟空原型的說法之一。

　　在現存的玄奘法師與石磐陀的圖畫中，我們也可以看到石磐陀的形象迥異於中原人，很像猴子。

　　還有人認為，作者之所以把孫悟空塑造成猴子的形象，靈感主要來源於印度神話中的神猴哈奴曼。這隻神猴勇敢機智，會各種變化，能騰雲駕霧，還可以長生不老，和孫悟空的形象很相似。

　　關於印度神話中的這隻神猴哈奴曼，學者胡適認為這隻「舶來品」猴子也影響了孫悟空的塑造。經過神話、傳說和民間文化的不斷融合，《西遊記》的早期編撰者就慢慢創作出如今被我們熟知的齊天大聖孫悟空的形象。

蝦兵蟹將

「東海龍王敖廣急忙起身，與龍子龍孫、蝦兵蟹將出宮。」
——摘自《西遊記》第三回

【釋　義】「蝦兵蟹將」，字面意思是神魔小說中龍王手下的兵將，現在多用於比喻不中用的爪牙。

【近義詞】殘兵敗將

【反義詞】爪牙之將

其實東海龍王的手下並不僅僅有蝦兵蟹將，我們看看還有哪些海族歸龍王管轄。

我東海龍宮就養了這麼一群蝦兵蟹將……

蝦兵　蟹將　巡海夜叉　鯉總兵　鱟將　鱉帥　鱔力士　鯿提督　鱖都司　鲌大尉

第 2 章

官封弼馬溫

官封弼馬溫

悟空和太白金星一起騰雲駕霧飛往南天門，但急猴子嫌這位老倌兒腿腳太慢，便故意炫耀筋斗雲把他遠遠地甩在身後。

來追我呀！

等等老朽！

悟空一眨眼就到了南天門門口，可是守門的增長天王哪認識他呀，自然把這猴頭猴腦的傢伙攔截在外。悟空哪裡受得了這種氣，立刻勃然大怒。

居然有眼無珠，目中無猴！

哪裡來的妖猴！

南天門

增長天王

猴子氣得炸毛，認為自己被太白金星這個老倌兒給騙了。太白金星隨後趕到，趕緊向增長天王解釋這是玉帝的旨意，增長天王這才放行。

悟空耍起了猴脾氣，可憐太白金星這一老神仙說盡了好話，總算把悟空連哄帶勸地拉進了天宮。

一進入天宮，悟空眼睛都直了。花果山雖然應有盡有，但和天宮的金碧輝煌還是無法相比。悟空一路東張西望，看得如醉如癡，兩眼發直。

太美了！

太白金星一路陪著悟空遊遊逛逛，走走停停。猴子要
往東他便不敢往西，小心賠著笑臉，好不容易把悟空
領到了靈霄寶殿的門口。

悟空不等宣詔，直接走進大殿。悟空見到玉帝也不行
禮，只顧著蹦蹦跳跳，左右張望。

靈霄寶殿的神仙們哪裡受得了這個氣？一隻妖猴居然敢在玉帝面前沒大沒小，還敢自稱「老孫」，眾仙要求給悟空治罪，大殿充滿了火藥味兒。

堂堂玉帝豈能和小小妖猴一般見識，他非常有氣度地讓眾位仙家少安毋躁，還慷慨地給悟空封了個叫「弼（ㄅㄧˋ）馬溫」的官，又派遣木德星官把孫悟空領到御馬監任職。悟空自認為受到重視，心中十分得意，歡天喜地上任去了。

御馬監官署顯然聽到風聲，早早派人在門口迎接新官上任的悟空。悟空見到自己的排場這麼大，虛榮心得到了極大的滿足。

果然是沒見過世面的野猴子⋯⋯

御馬監

木德星官

此處便是仙君官署。

氣派，氣派！

送走木德星君，悟空新官上任三把火，把御馬監上上下下管理得井井有條。御馬監當差的小仙還真不敢小看這新來的弼馬溫。

馬兒們，我來啦！我會好好照顧你們的！

御馬監上千匹天馬被悟空照顧得膘（ㄅㄧㄠ）肥體壯，見了悟空也十分親熱。

俺這是馬上封「猴」！

❧ 辭官回山 ❧

一轉眼半個月過去了，御馬監的小仙們為了拍上司孫悟空的馬屁，擺了一桌酒宴給悟空接風賀喜，不料酒席間禍從口出……

揚揚得意

我這個「弼馬溫」是個怎樣的官銜啊？

不明就裡

官銜談不上，就是官名。

心生疑慮

那這個官是幾品呢？

沒有品級。

惴惴不安

自我安慰

沒有品的意思是……非常非常大的品級？

實話實說

這個……實在是不大，就是養馬的小官。像大人把馬養得這麼好，定是能得到一聲「好」的；若是馬養得不好，可是要被責罰問罪的呢。

悟空聽說「弼馬溫」是個連品級都沒有的芝麻官，頓時暴跳如雷。想當年悟空在花果山也算個自由自在的大王，怎麼能跑到天宮做個被呼來喝去的馬夫呢？

狗眼看猴低！

老孫在花果山可是萬猴之王，你們看不起猴！

焉能在此做這等無品無級的馬夫！

悟空從耳中取出如意金箍棒把御馬監的公案打翻，一路喊殺出去，眾小仙害怕生事，哪個敢來攔阻？

裸辭！誰愛做去做！

南天門的兵丁也吃了先前的教訓，又見悟空來勢洶洶，越發不敢攔阻，任由他衝出南天門往花果山去了。

哼！我在花果山當大王別提有多逍遙了！

還是我花果山欣欣向榮，自由自在。

悟空在天上半個月，人間已經過去十幾年。等他回到花果山，發現眾猴子都在井然有序地操演兵馬，他十分開心。

大王回來啦！
大王回來啦！

自封大聖

大家見悟空回來，都興高采烈地跑來叩頭迎接。悟空手舞足蹈，隨猴子猴孫回到水簾洞府。

孩兒們，可想死老孫了！

大王！

大王！

猴子猴孫向孫悟空打聽天宮的見聞，悟空也不避諱，聲稱玉帝不會用人，讓自己做養馬小官，所以辭官不幹了。猴子們憤憤不平，勸孫悟空不要回天宮，還是在花果山做個逍遙大王最好。

大王請喝酒！

花果山水簾洞才是我的快樂老家！

大王請吃桃！

就在悟空和猴子們喝得正歡時，水簾洞來了兩個求加盟的獨角鬼王。他們送上漂亮的赭（ㄓㄜˇ）黃袍作禮物，悟空大喜。

獨角鬼王

兩個獨角大王聽說「弼馬溫」的故事後，也表示天宮不識大賢。他們積極慫恿悟空自封「齊天大聖」，將來名號定能響徹三界。

讓大王養馬絕對是屈才！

齊天大聖？

就是做一個齊天大聖也沒什麼不行啊！

悟空特別喜歡「齊天大聖」這個名號，立即讓手下置辦旌旗，立竿張掛，並要求花果山眾猴，包括各洞妖王都要用「齊天大聖」來稱呼自己，不要再用「大王」這個舊稱呼。

從此「齊天大聖」成了花果山美猴王的註冊商標，妖仙們無人不知大聖名頭，悟空儼然成了東勝神洲第一妖王。

對抗天兵

孫悟空辭官跑路的第二天，御馬監監丞就跑來向玉帝告狀，說猴子嫌官小造反下天宮。南天門也有天兵前來告發猴子奪路而去。

陛下，猴子嫌官小，
把我們打了一頓，
就跑了！

誰給我
說漏的？

玉帝十分生氣，一隻野猴子也敢如此無禮！於是，玉帝封托塔李天王為降魔大元帥，命他帶上哪吒三太子一起興師下界，捉拿這狂妄的孫猴子。

把托塔李天王
和他的胖兒子
哪吒叫來！

是！

托塔李天王和哪吒三太子以巨靈神爲先鋒，帶領十萬
天兵天將，氣勢洶洶地殺向花果山水簾洞！

花果山的猴子和悟空麾下的妖王及小妖們，哪裡見過這樣的陣勢，紛紛逃進水簾洞稟告大聖——禍事臨頭了！

大聖，三十六計走為上！

大聖，好漢不吃眼前虧！

大聖，活著就是一切！

要不咱們先投降，留得青山在，不怕沒柴燒！

可是悟空一點兒也不怕，吩咐手下取來披掛，穿上一身黃金甲，從氣勢上就穩住了大家。眾妖簇擁著齊天大聖，一窩蜂衝出洞外。

哼！
取我披掛！

悟空手握如意金箍棒，領著一眾手下擺開陣勢，準備和天兵天將大戰一場！天兵的先鋒是巨靈神，只聽他口裡「潑猴潑猴」地亂叫，舉著宣花斧來戰如意金箍棒。

趕緊放下武器，隨我回天宮領罪，否則，我就讓你立刻化成灰！！！

你個毛神仙別吹牛了！吃俺老孫一棒！

巨靈神雖有神通，但孫悟空本事更大。沒多久，巨靈神漸漸抵擋不住，被孫悟空當頭一棒，手中宣花斧斷成兩截，大敗而回。

手下敗將！快去報信吧！

托塔李天王見巨靈神灰頭土臉地回來，十分生氣，要把巨靈神斬首以正軍法。

哪吒三太子宅心仁厚，請求讓巨靈神戴罪立功，自己則要親自上陣試試那弼馬溫的深淺，看看他是否如巨靈神所說的那般厲害。

悟空正要收兵，忽然看到哪吒來勢洶洶地前來叫陣。
悟空不知哪吒實際年齡比自己還大得多，只當是個小
毛孩，根本不願理他。

不料哪吒變出三頭六臂，這陣勢把悟空愛爭鬥的猴勁
兒給激發了出來。悟空立刻也變出三頭六臂，拿著三
根金箍棒和哪吒打得昏天黑地。

眼看勝負難分，悟空靈機一動，拔下一根毫毛變出一個假孫悟空和哪吒打鬥，自己的真身則來到哪吒身後，照著哪吒的胳膊就打！

你耍賴！

啪！

哪吒來不及躲閃，挨了這一棒子後不得不負痛逃走。

嗚嗚嗚——

回去告訴玉帝，如果他不承認我是齊天大聖，我立刻打上靈霄寶殿，讓他睡不安穩！

南天門

李天王在天上把一切都看在眼裡，剛要派人助戰，哪吒就負傷而歸。李天王見自己兒子也不敵孫悟空，驚嘆這弼馬溫這麼厲害，他們該如何取勝？

哪吒氣哼哼地告訴父親，孫悟空想讓玉帝封他為「齊天大聖」，不然就打上靈霄寶殿。李天王父子一合計，妖猴勢大，硬拼不行，只能智取，於是他們打算先回天庭奏明玉帝，等有了增兵之後再來擒拿妖猴。

悟空得勝歸來，與自己的六個結拜兄弟，還有其他妖王一起在水簾洞吃慶功宴，好不熱鬧！悟空一時高興，乾脆讓自己的六個結拜兄弟也都自封「大聖」，別提有多歡樂了。

托塔李天王和哪吒三太子在靈霄殿上回稟玉帝，說那
妖猴果然厲害，需要增兵才能降伏，還把悟空讓玉帝
承認他是齊天大聖的事一併回稟了，把玉帝氣得直跳
腳。

他一心想當齊
天大聖，與萬
歲爭高下！

放肆！

太白金星這時候跳了出來，他一直主張用計策降伏孫
悟空，不要勞師動眾，於是勸玉帝順了孫悟空的意
思，息事寧人。反正「齊天大聖」是個虛銜，不如送給
那猴子一個人情，招安猴子，以免損耗更多的兵力。
玉帝覺得這是兩全其美的辦法，就同意了。

沒錢又沒權的
虛名而已。

不錯！這主
意不錯！

看管蟠桃園

太白金星領了玉帝旨意後來到花果山，發現這裡的陣勢與從前不同，眾猴和各色小妖個個舞刀弄槍、殺氣騰騰。他們一見太白金星，就跳上前齜牙咧嘴，太白金星連忙說自己是來傳旨的。

老賊頭，又來騙我家大聖？

這次絕對是好事！

孫悟空聽說太白金星這個老倌兒又來了，想到自己上次跟他上天玩耍，雖然只當了個小小的弼馬溫，但也相處愉快，長了見識。太白金星這次來沒準兒有什麼好消息，於是悟空帶領猴子們一起迎接太白金星。

大聖，那個叫太白金星的老頭又來了！他說有好事！

那我就受累接見一下。

太白金星在悟空面前一番表功，稱自己可是盡心盡力給他弄來了「齊天大聖」的頭銜。悟空大喜，急匆匆拉著太白金星上天領旨，當那個所謂的極品官——齊天大聖去了。

到了靈霄寶殿，玉帝宣旨封孫悟空為「齊天大聖」，並勸他既然封了大聖，就不能再胡作非為。悟空歡天喜地，還把御酒拿給五斗星君等神仙分享，接著就趕到御賜的齊天府上任。

齊天大聖畢竟是個妖猴，只知道圖虛名，也不管俸祿高低、官銜品從，整日在齊天府只管吃飽睡好，與眾位仙家稱兄道弟，領著大家東遊西逛，日子過得非常逍遙。

悟空整日遊手好閒，天上的真人怕大聖閒中生事，於是奏請玉帝，讓玉帝給大聖安排件差事。玉帝便讓孫悟空去看管天宮的蟠（ㄆㄢˊ）桃園。

蟠桃園離他近，只要不到我眼前就行。

陛下，閒能生事啊！

那就讓他看管蟠桃園吧。

急性子的悟空立刻出發，趕往蟠桃園。悟空剛一進門就遇到了蟠桃園的土地神。

大聖去哪兒啊？

現在這蟠桃園歸俺老孫管了

一聽說大聖是新來的蟠桃園大總管，土地神立刻讓園丁力士們前來拜見新總管。

大聖，請！

天庭的蟠桃園絕非人間果園可比，土地神給悟空一一介紹品種。三千六百株老桃樹長勢喜人，果實飄香。天生愛吃桃的孫大聖開始心癢癢了。

前樹，花細果小，三千年一熟，吃了能成仙得道。

中樹，花密果甜，六千年一熟，吃了能長生不老。

後樹，紫紋黃核，九千年一熟，吃了能天地齊壽。

這天，悟空看見最大的桃子成熟了，就想自己先嘗個鮮。悟空便想辦法把土地神和其他仙官都支走了。

土地神一走，悟空就脫了官服爬上樹，摘了許多熟透的大桃，蹲在樹杈上吃了個痛快。

從此以後，每過個兩三天，悟空就會想法子偷吃蟠桃。日積月累，蟠桃園裡的桃子越來越少。

「弼馬溫」是個什麼官？

有一種說法認為「弼馬溫」是「避馬瘟」的諧音。在古時候，民間有這麼一種傳說，把母猴子的尿與馬尿混合，調入馬飼料當中，這樣餵出來的馬就不會發瘟。

嗝！

嘿嘿！

所以俺老孫才不服氣！

你有啥不服氣的，你不就是隻猴子嗎？

嘿嘿！

老孫是公猴子，又不是母猴子！

有猴味兒就行！

呀呀呸！

弼馬溫真的是一個「沒品」的小官嗎？

弼馬溫的正式官職名稱其實是「御馬監正堂管事」，這個官職聽起來就比「弼馬溫」要好聽得多，而且如果和人間的官職對比，這還是個正四品的大官呢！

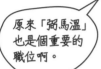

原來「弼馬溫」也是個重要的職位啊。

天庭VS人間

	天庭	人間
官職	御馬監正堂管事	太僕寺卿
主管業務	掌管天馬	掌管皇帝的馬車和馬政
品級	天庭初級公務員	高級官員， 三公九卿的九卿之一
屬官	監丞、監副、 典簿、力士	太僕寺少卿、太僕寺丞、 太僕寺主簿

馬上封侯

【釋　義】「馬上封侯」是中國傳統吉祥紋樣，即「猴子
　　　　　騎在駿馬身上」。「馬上封侯」意為升官晉爵
　　　　　指日可待。

「猴」諧音「侯」
即達官權貴

「馬」「上」
就是很快、即刻

「蜂」諧音「封」

有的時候「馬上封侯」的紋樣會出現
大猴背小猴的形象，即「馬上輩輩（背）封
猴（侯）」；偶爾還會出現猴子抱著印章，
即「馬上封侯抱印」。

我背上不是封侯，而是瘋猴……

第 3 章

大聖鬧天宮

哄騙仙女

每次悟空吃飽了桃子，就重新穿上官服，裝模作樣走出蟠桃園，帶領一眾仙官回府，大家都沒發現悟空偷吃蟠桃這件事。

一轉眼，又到了王母娘娘在瑤池舉辦蟠桃盛會的日子。七位仙女頂著花籃，奉命去蟠桃園摘仙桃。她們剛到園子門口就被土地神攔住，土地神說要先稟明看守蟠桃園的齊天大聖才能放行。

可是，土地神並沒有找到悟空。原來悟空吃桃子吃飽了，就變成了一個手掌大的小人兒，躲在樹上睡大覺。

呼——桃——
嗝——呼——

土地神怕耽誤仙女們採摘仙桃，便讓她們先採摘，等悟空回來後再向他彙報。

大聖怕是出門
會友去了……

仙女們興高采烈地走進園中開始摘桃。她們先在前樹摘了兩籃，又在中樹摘了三籃。

等到了後園，仙女們傻眼了：這些桃樹上的桃子都很
稀疏，而且不是太小，就是太青。

仙女們看來看去，總算發現了一個白裡透紅的大桃子，她們趕緊過去要把桃子摘下來。巧的是悟空正在這根樹枝上睡覺，他被摘桃子的動作晃醒了。

這就是讓猴子看桃的後果！

悟空現出本相，把眾仙女嚇了一跳。

哪來的怪物，敢偷我的仙桃？

我們長得不像仙女嗎？

聽說她們是爲蟠桃盛會來摘桃子的，悟空很想知道宴會都請了誰。

王母請誰參加宴會呀，有俺老孫嗎？

按舊規矩，請了西天佛老、菩薩、聖僧、羅漢、南海觀音、五斗星君和上中下八洞神仙，未曾聽說有齊天大聖。

聽到王母沒有邀請自己，悟空大怒，他用定身法把仙女們都給定住，然後駕起筋斗雲，往瑤池飛去。

定！

半路上，悟空遇見了要去赴宴的赤腳大仙。他靈機一動，告訴大仙今年要先去通明殿集合，然後再去赴宴。

你這仙緣也太差了，其他神仙沒告訴你嗎？

赤腳大仙

多謝大聖。

赤腳大仙剛走，悟空就變成赤腳大仙的模樣來到瑤池。客人們還沒到，只有仙童們正在擺各種美味佳餚。

嘿嘿，去吃霸王餐！

悟空饞得直流口水。他用幾根猴毛變出一群瞌睡蟲飛
了出去，很快，仙童和守衛們就歪在一旁呼呼大睡。
悟空得意地大吃大喝起來。

太好吃了！

偷吃金丹

酒足飯飽之後，醉醺醺的悟空想要回府睡覺。可他醉得太厲害，稀里糊塗走到太上老君的兜 (ㄉㄡ) 率宮裡去了。

順路看看那煉丹的老倌兒。

那天，太上老君剛好與燃燈古佛在朱陵丹台上講道，府上的眾仙童、仙將、仙官、仙吏都一起去聽講了，因此兜率宮裡一個人也沒有，只擺著一個巨大的丹爐，丹爐左右還有五個葫蘆。

這是什麼好吃的？

悟空也沒多想，把五個葫蘆裡的金丹像吞蠶豆一樣全吞了下去。等吃光了他才清醒過來，知道自己闖了大禍。

這些蠶豆味道有點兒怪！

悟空怕被責罰，趕緊使了個隱身法，從西天門逃回花果山。

花果山的猴子們和小妖們正在操練，看到大聖回來了，都激動地迎了上去。

太上老君那頑固老頭不好惹，俺還是回花果山當大王吧！

大聖回來了！

大聖回來了！

群猴把花果山的瓜果美酒拿出來給悟空接風，但是已經嘗過天宮美味的悟空開始吃不慣凡間的瓜果了。

悟空想讓小猴們也嘗嘗天宮美酒，於是又使了個隱身法回到蟠桃會上。眾仙童和守衛還沒有醒，悟空趁機把宴會上的美味佳餚偷走，回花果山開了個仙酒會。

❦ 天庭大亂 ❧

再說蟠桃園裡那七個被定住的仙女，好不容易才解脫了悟空的定身術，趕緊提著籃子去找王母告狀。

西王母

怎麼去了這麼久才回來？

齊天大聖用法術把我們定住了！

一共摘了多少蟠桃？

只有兩籃小桃，三籃中桃。

什麼？大桃呢？！

大桃半個也沒有，肯定被大聖偷吃了⋯⋯

王母立刻把這件事轉告了玉帝。話音剛落，就見看管蟠桃盛會的守衛急急忙忙前來報告，說蟠桃會上的美酒佳餚不知被誰給吃光了。

陛下，蟠桃會上好吃好喝的都不見了！

什麼賊人這樣大膽，敢在朕的嘴裡搶吃的？

太上老君也氣哼哼地趕來告狀，說他兜率宮裡的九轉金丹被偷了個乾淨。

呀呀呀，我被偷了！那些金丹可是我的心血啊！

太上老君

赤腳大仙也跑來告狀，說自己被孫悟空騙了。

天庭裡亂翻了天，玉帝大怒，命令糾察靈官查明真相，並尋找悟空的蹤跡。

糾察靈官很快就探明了悟空在天宮的所作所爲。玉帝
聽後肺都氣炸了，立刻命令托塔李天王帶領天兵天將
去花果山捉拿悟空。

報告陛下，
這些壞事全是
潑猴幹的！

糾察靈官

猴山靈兵

十萬天兵天將立刻興師下凡，把整個花果山圍得水泄
不通。托塔李天王帶著哪吒三太子、巨靈神等擺開了
陣勢。

把你們的大聖叫出來！
我們是上界派來降伏他
的天將，膽敢反抗就把
你們這裡夷為平地！

我們大王可沒
工夫理你們。

爹，別跟小猴
一般見識！

這時候悟空正在和別的妖王一起
喝酒，聽說李天王派出的九曜星
已經打到家門口，他一氣之下掏
出金箍棒迎戰。

大王，
天上來──
來──兵了！

天上的神仙真小
氣，不就吃了他
們的東西嘛！

九曜（一ㄠˋ）星雖然是天上有名的凶神，但對孫悟空也是先禮後兵。

九曜星丟盔棄甲地逃回了大本營，李天王立刻調出四大天王和二十八星宿（ㄒㄧㄡˋ）前去支援。悟空毫不畏懼，率領獨角鬼王和七十二洞妖王與天兵天將們鬥了個旗鼓相當。

妖猴有些本事，求元帥增援！

再搬救兵！

打到黃昏時分，獨角鬼王和七十二洞妖王已經累得氣喘吁吁，最終都被天兵天將捉去了。猴子們嚇得逃回水簾洞，藏在洞底。

饒命啊！

悟空卻越戰越勇，他拔下毫毛吹出千百個大聖。他們和悟空一樣都使用金箍棒，而且武藝高強，天兵天將們根本招架不住，紛紛被打敗。

悟空打累了回到洞中，發現猴子們又哭又笑：哭的是鬼王和七十二洞妖王被捉，笑的是齊天大聖平安無事。

四大天王回去各自向李天王報戰功：有的捉住了虎豹精，有的捉住了獅象精……就是沒有誰捉住了猴精。李天王聽到後十分窩火。

遵命！我們今晚一定嚴防緊守，把花果山死死圍困住，等待明早的大戰！

傳令下去，在花果山布下天羅地網！所有天兵天將原地待命，一刻也不能放鬆！

天庭這邊，南海落伽山的觀世音菩薩帶著徒弟惠岸行者來參加蟠桃盛會，結果發現天庭荒荒涼涼、席面殘亂。玉皇大帝將緣由一一告訴了觀音菩薩。

木吒，你去幫助你的父親和弟弟吧。

觀世音菩薩

是！

托塔李天王的二兒子

惠岸行者

惠岸行者提著鐵棍來到花果山，與孫悟空交起手來。
天兵天將也和花果山上的猴子們鬥得熱鬧。

哪個是齊天大聖？

老孫就是！

你犯錯在先還不知悔改，
待我捉住你，讓你好看。

小娃娃，我看你是來找打的！

悟空與惠岸行者大戰了五六十回合，惠岸行者終於撐
不下去，虛晃一招逃跑了。

爹爹救命！

哈哈！知道你
孫爺爺的厲害
了吧。

李天王見自己的二兒子也敗下陣來，只好跑回靈霄寶殿再搬救兵。這時，觀音菩薩和其他被邀請的仙人已經聚在寶殿上。觀音菩薩見自己的徒弟輸了，就向玉帝推薦了驍勇善戰的二郎真君去擒拿孫悟空。

楊戩ㄐㄧㄢˇ出征

二郎神名叫楊戩，他是玉帝親妹妹與凡間楊君生的兒子，住在灌江口享受下界香火。二郎神曾經殺死六怪，又有梅山兄弟與帳前一千二百個沒有經過天庭敕封的草頭神作聽差。

接了玉帝的旨意之後，二郎神帶著哮天犬和梅山六兄弟威風凜凜地來到水簾洞前叫陣，悟空笑嘻嘻地拎著金箍棒出來了。

他們沒說上幾句話就扭打在一起，鬥了三百多個回合也沒有分出勝負。雙方陣營也都搖旗吶喊，為自家加油鼓勁兒。

神君！
神君！

大聖！
大聖！

花果山

認輸吧！

竟敢小瞧我，吃我一刃！

二郎神突然搖身一變，變作了一個身高萬丈的巨人，
就像華山的頂峰。他舉著三尖兩刃刀就劈向了悟空。

妖猴，
哪裡走？

好傢伙。

悟空猛地一跺腳，「嘿」的一聲，也變得和二郎神一樣大，跟昆侖山頂的擎（ㄑ一ㄥˊ）天柱差不多。悟空重新跟二郎神鬥在一起。

就在他們激戰的時候，梅山六兄弟操縱著鷹犬衝散了花果山的猴兵猴將。這些猴精一個個丟盔棄甲，上山的上山，歸洞的歸洞，就像被夜貓驚飛的鳥，四散開來。

看到小猴們被狗追趕，悟空有點兒驚慌，趕緊變回原來的大小跑到水簾洞口，不料又被和二郎神一同前來的梅山六兄弟給攔住了。

妖猴！
哪裡走！

悟空情急之下把金箍棒縮成繡花針般大小，藏進耳朵裡，自己則變成了一隻麻雀飛到了樹梢上。二郎神急急忙忙趕來，用額上的鳳眼一照，馬上發現了變成麻雀的悟空。

小把戲，別以為變成小麻雀我就不認識你了。

於是二郎神變成鷹，抖開翅膀，張開爪子向麻雀撲去。

呀，這傢伙還挺厲害的。

悟空見了，忙變作一隻大鷀（ㄘˊ）老（一種水鳥），沖天而去。二郎真君見悟空有了新變化，自己也變成一隻大海鶴沖上雲霄。

怎麼又被發現了！

站住！

悟空立刻潛下身子，變成一條小魚鑽進了河中。二郎神也隨著悟空的變化而變化，一會兒工夫，不論悟空變成什麼動物，二郎神都可以變成他的天敵來捉拿他。

啊！我的
猴屁屁！

好幾個回合後，二郎真君終於
變回原形，他用彈弓將變作花
鴇的悟空打落山崖，轉眼間悟
空就不見了。

二郎神來到山下，左看右看也沒發現悟空的影子，這
裡只有一座土地廟，廟後有根旗杆。二郎神用他的鳳
眼仔細一看，就知道悟空變成了小廟。於是他在廟外
威脅，嚇得悟空縱身一躍，逃往空中，不知道跑到哪
去了。

哪有廟後面立旗杆的？
準是那猴子的尾巴！
我先把窗戶打碎，
再把大門踢壞！

天哪！好狠！窗戶是我
的眼睛，大門是我的牙
齒，這下損失可大了……

二郎神找不到悟空，便請求李天王用照妖鏡尋找。誰知道這猴子竟然使了個隱身法，跑到二郎神的老窩灌江口去了。

悟空占了二郎神的道場，還變成二郎神的模樣招搖撞騙。二郎神趕回家，看到變作自己模樣的悟空，頓時火冒三丈。

二郎神和悟空你來我往地又打回花果山去了。

看到二郎神和孫悟空鬥得不相上下，觀音菩薩和天庭眾人都很著急，卻不知該如何助二郎神一臂之力。太上老君想到自己還有一個法寶，名叫「金剛琢」。它能隨意變大變小，水火不侵，還能套住一切東西。

於是，他扔出金剛琢，剛好砸中了悟空的天靈蓋，不曾提防的悟空腳下一滑，跌了一跤。悟空剛爬起來，又被二郎神的哮天犬一口咬住了腿。眾仙一擁而上按住了悟空，徹底制住了他。

七仙女

　　「七仙女」，是中國古代神話中七位女神仙的總稱，有時也單獨指七姐妹中最小的七妹。《西遊記》中採摘蟠桃的七位仙女分別是紅衣仙女、素衣仙女、青衣仙女、皂衣仙女、紫衣仙女、黃衣仙女、綠衣仙女。在中國古典神話中，關於七仙女或七仙姑的故事非常豐富，在《西遊記》中就出現了兩次：一次是在蟠桃園摘桃，另一次是把盤絲洞濯（ㄓㄨㄛˊ）垢（ㄍㄡˋ）泉讓給蜘蛛精。

　　說到七仙女，很多人第一時間聯想到的是我國民間傳說《天仙配》。它主要講述了擅長織錦的七仙女中的老七思凡下界，與凡人董永相愛的故事。這個董永還是《二十四孝》中「賣身葬父」的主角。

　　七仙女的神話來自民間，現代很多改編的神話中，將七仙女寫成了玉帝或者是王母的女兒，但七仙女的身世傳說並沒有統一的標準，主流傳說沒有說七仙女是玉帝的女兒，就連《西遊記》也只是說七仙女是獨立的神仙。

西王母

提到王母娘娘，喜歡讀《西遊記》的讀者總是聯想到下面這個雍容華貴的形象。在道教中，她是眾女仙的首領，又稱「西王母」「瑤池金母」等。

其實王母娘娘的形象在民間是經歷了不斷演化後才初步形成的。早在先秦地理志《山海經》中，西王母的外貌和人一樣，但是長著豹尾、虎齒，而且喜歡嘯叫，蓬亂的頭髮上戴著華麗的裝飾。她是掌管著上天的災禍、瘟疫以及五刑殘殺（災星）的神靈。按照《山海經》這段描述，西王母很有反派大 BOSS（老闆）的氣質。

隨著文化發展，西王母這樣「太時髦前衛」的形象逐漸變得中規中矩，最終成了《西遊記》中那位上了年紀的宮廷貴婦形象。

七十二變

【釋　義】七十二變是孫悟空的著名本領，現在多形容變
化極多、神通廣大等。

【近義詞】千變萬化

| 孫悟空 | 菩提祖師 | 二郎神 | 牛魔王 | 六耳獼猴 |

菩提祖師告訴悟空，變化之術有天罡數，該三十六般變化；
有地煞數，該七十二般變化。孫悟空學的是地煞七十二變，豬
八戒學的是天罡三十六變。

不過七十二變
並不是完美無缺的，
悟空若是變飛禽、
走獸、花木、器皿、
昆蟲之類的十分輕
鬆，但是變人物只
能變頭臉，身體變
不過來，所以悟空
幾次變為別的人物
時，常常會因為露
出黃毛、紅屁股和
尾巴而暴露。

《水滸傳》梁山一百零八
好漢中，就包括天罡三十
六星，地煞七十二星。

猴哥有七十二般變化，
就有七十二條性命。

大師兄有七十二般變化，
就有七十二個頭。

我這紅屁屁在鍋底
灰上坐一坐，就看
不出來了，嘿嘿嘿。

我就說變不了
女的嘛！

你這肚子該減減肥了。

第 4 章

困囚五行山

丹爐淬<small>ち×乀</small>煉

悟空被押回天庭之後，就被綁在降妖柱上，天兵天將
費了九牛二虎之力，用上十八般武器也傷不了悟空一
根猴毛。

正當大家束手無策的時候，太上老君向玉帝獻計：只要把悟空投進八卦爐裡用文武火煉一煉，準能把悟空煉成一顆仙丹。

那猴子吃蟠桃、喝禦酒，又吞了有生有熟的五壺丹，早就變成金剛不壞之軀了。

蟠桃　御酒　仙丹

這麼鬧騰的猴子，交給科學家做研究再好不過了！

太上老君把悟空帶回兜率宮，推進煉丹的八卦爐中，讓看爐的道人、架火的童子把火搧得更旺。

搧！用力搧！

銀爐童子　金爐童子

悟空被困在爐中，為了躲避火焰只好鑽進「巽（ㄒㄩㄣˋ）」宮位下，那裡雖然沒有火，但風捲進來的濃煙把他的眼睛熏得通紅。

不知不覺七七四十九天過去了。太上老君覺得火候已經差不多，於是他就打算開爐取丹。剛一開爐，只聽一聲巨響，悟空一下子躥出來。被煉了四十九天的悟空不僅沒被煉成仙丹，還多了個本事，那就是火眼金睛。

悟空氣急敗壞地踢翻丹爐。周圍架火看爐的童子和道人也全都被悟空打倒。

跑得慢的太上老君被悟空抓住用力一扔，大頭朝下摔了個倒栽蔥。

悟空手握如意金箍棒，在天庭上上下下一頓亂打，天
宮一片混亂，神仙們嚇得東躲西藏。

悟空一直鬧到靈霄殿外。佑聖真君帶了三十六員雷將把悟空圍在中間，他們之間立刻爆發一場大混戰。

悟空變出三頭六臂，三根金箍棒耍得像紡車般滴溜溜亂轉，竟沒有一個神仙能靠近他。這麼大動靜，玉帝想不知道都難，情急之下，只好差人去請如來佛祖來幫忙。

佛祖出山

遊奕靈官和翊聖真君奉玉帝聖旨，來到靈山勝境的雷音寶剎，向如來佛祖講述了妖猴孫悟空偷蟠桃、盜金丹最後又大鬧天宮的前前後後。

佛祖，快幫幫
我們吧！

遊奕靈官

翊聖真君

如來佛祖

小菜一碟。

如來佛祖立刻喚來阿儺（ㄋㄨㄛˊ）、迦葉兩位尊者相隨，離開雷音寺前往靈霄殿。剛到靈霄殿外，他們就聽見裡面震耳欲聾的打鬥聲。

迦葉

阿儺

如來佛祖讓雷將們暫時收手停戰，自己來到悟空跟前。悟空見來了個面善的菩薩，暫時停了手。

我是說客，聊個天不收費。

?

你誰啊？

我是西方極樂世界的釋迦牟尼尊者。

沒聽說過。

我以前也沒聽說過你啊……你這猴精為何要大鬧天宮？

我要玉帝脫袍讓位給俺老孫！

小朋友，你幾歲？

如來佛祖告訴悟空，那玉帝能做天地的主宰，是經歷過一千七百五十劫，每劫又要經歷十二萬九千六百年。玉帝現在的地位是一級級修行而來的。悟空年紀太小，修行時間又短，還想當靈霄殿的主人，那是不知天高地厚。

老大輪流做，明年到我家！

你算算，你算算，玉帝多少歲，你多少歲，毛頭小猴也想主宰天地？

你說玉帝沒本事，那你除了長生和變化，又有什麼本事？

我能一個筋斗飛十萬八千里！

好厲害，如果你一個筋斗能翻出我的手掌心，就讓你坐玉帝的位子，怎麼樣？

那你可要說話算話。

出家人不打誑語。

悟空收了金箍棒，縱身一躍跳進如來佛祖的手心裡。
他心裡還覺得這面善的菩薩或許跟自己是一夥的，這
手掌才多大，如何跳不出去？

嘿！

這有什麼難的，
看我的！

悟空的筋斗雲說翻就
翻，飛了好一會兒，
他忽然見到五根肉紅
色的柱子，撐著一股
青氣。

桌子椅子都有腿，
想必俺老孫這是翻
到撐天柱子這兒了。

悟空想了想，決定留下記號，免得如來佛祖不認帳。
他拔下一根毫毛，變作一支毛筆，在中間的柱子上寫
下一排大字「齊天大聖，到此一遊」。

嘿嘿，留下
我的記號。

齊天大聖，到此一遊

我的地盤。

寫完之後，悟空又在第一
根柱子下撒了一泡猴尿。

悟空駕著筋斗雲，跳回原處，得意地要如來
佛祖履行賭約，把天宮讓給自己。

尿精猴子，你根本沒有飛
出我的掌心。

我在天邊柱子下留了記號，
你敢跟我去看嗎？

滑頭，你低頭看看。

？？？

悟空仔細一看，沒想到如來佛祖右手中指上寫著「齊天大聖，到此一遊」，大指丫裡還有股猴尿臊氣，這可把悟空嚇壞了！

猴子，你還有何話講？

面善的，你使詐！

悟空懷疑如來佛祖使了什麼未卜先知的法術，故意模仿自己留下的痕跡，便決定再試一次。悟空剛要轉身騰空而起，沒想到如來佛祖反掌一撲，就把悟空推出西天門外。

不好！三十六計走為上！

五行山底

如來佛祖的五指化作金、木、水、火、土五座聯山，
用這「五行山」將悟空輕輕壓住。眾神和阿儺、迦葉都
高興地鼓起掌來。

善哉。

你們暗算我，
我不服！

如來佛祖降伏了妖猴，玉帝開心極了，趕緊設宴款待。神仙們還高興地給宴會起了一個名字叫「安天大會」。

衆仙之前被悟空的兩次大鬧天宮給嚇得不輕，聽說是如來佛祖收服了妖猴，紛紛前來點讚，王母娘娘、壽星、赤腳大仙還送來很多好吃的。

就在大家盡情享受酒宴的時候，突然有巡視的靈官來報：「大聖又伸出頭來了！」如來佛祖不慌不忙地掏出一張帖子，遞給阿儺，讓他貼在五行山的山頂上。

阿儺將帖子貼好，五行山立刻生根合縫。悟空越掙扎，就被壓得越實在。

宴會過後，如來佛祖一行人要回去了，玉帝親自前來送行。

臨走前，如來佛祖心生慈悲，召集五行山的土地神祇和五方揭諦，讓他們在悟空餓的時候餵他吃鐵丸子，渴的時候餵他喝熔化的銅水，等到合適的時機，自會有人來救他出來。

這猴子日後了不得，別養死了！

土地神祇

記住了！

五方揭諦

做完這一切，如來佛祖便放心地帶著阿儺和迦葉回到西方極樂世界。

收工，這趟沒白來。

佛祖，這次真露臉。

真好吃！

天宮的諸位神仙也回到了各自的殿宇放假療養去了。

終於能安安靜靜
洗個熱水浴。

哎呀，可算能
睡個懶覺了。

不加班的
日子真幸福。

只剩下悟空孤單地被
壓在五行山下，不知
道什麼時候才能有人
救他出來。

大聖，
今天還是鐵
丸子、銅水！

如來，你沒聽說
過營養學嗎？

五行山土地神

安排徒弟

如來佛祖回到大雷音寺後又過了大約五百年，他冒出了用《法》、《論》、《經》三藏真經來普度眾生的想法。三藏真經共三十五部，一萬五千一百四十四卷。如來佛祖想把真經送給南贍部洲的東土大唐，又怕眾生不珍惜，於是便和信徒們商討去東土尋找一個虔誠的信徒，讓他能歷經千山萬水，徒步到大雷音寺來求取真經。

落伽山潮音洞的觀音菩薩表示願意到東土尋找有緣的取經人。
如來佛祖心中十分歡喜，立刻送了她五件寶貝。

三個箍兒

錦袈裟

九環錫杖

還有
「金緊禁」
咒語三篇。

如來佛祖向觀音菩薩細細地傳授了「金
緊禁」三個咒語的用法。這三個箍兒及
其對應的咒語都
是專門用來管束
妖魔，讓他們棄
惡從善的法寶。

這個金箍兒
應該……

觀音菩薩背會了咒語，就和惠岸行者一起下了靈山，
駕雲霧前往東土大唐。

第一站是流沙河。觀音菩薩和惠岸行者剛到岸邊，水
裡就跳出來一個妖魔。這妖魔一臉晦（ㄏㄨㄟˋ）氣，
生得十分醜惡，不由分說就跟惠岸行者扭打成一團。

看這裡！

你怎麼這麼像跟南海觀
音在紫竹林修行的惠岸
行者？為何來此？

岸上不就是
我師父嗎？

一見觀音菩薩就站在流沙河岸上，那妖魔收了寶杖，
向觀音菩薩屈膝便拜。

妖孽，還不行禮，觀音菩薩在此！

菩薩，我不是妖邪，我常年在水下，視力不好！

原來，妖魔本是靈霄殿上的捲簾大將，因為在蟠桃會上失手打翻了琉璃盞，被玉帝貶下妖界。自從來了流沙河，他被魔性控制，時而清醒時而糊塗，做了不少錯事。

我只是手滑。

我知道錯了！

聽了妖魔的懺（彳ㄢˋ）悔，觀音菩薩告訴他一個贖罪的方法：那就是保護東土取經人到西天大雷音寺拜佛求經。事成之後可以重返天庭，還能修成正果。

我給你取個法名，就叫作「沙悟淨」。

多謝菩薩指點。

沙悟淨送菩薩過了河，他決定安心修行，一心一意等待著取經人。

安心等待你的師父和師兄弟們吧。

多謝菩薩。

流沙河

沙悟淨

觀音菩薩與惠岸行者繼續趕路。第二站是福陵山。福陵山的這個妖怪耳如蒲（ㄆㄨˊ）扇，獠牙鋒利，手裡拿著個九齒釘耙，不分好歹也是上來就打！

菩薩看上的取經人，怎麼一個比一個醜！

你說誰醜？

福陵山

豬剛鬣

這個肥頭大耳的妖怪原來是天河裡掌管八萬水軍的天
蓬元帥，因為醉酒調戲嫦娥，被玉帝打了兩千錘後貶
下界。

不料這天蓬元帥錯投了母豬的胎，生出一副野豬嘴
臉。他來到福陵山，入贅做了雲棧洞卯（ㄇㄠˇ）二姐
的夫婿。卯二姐去世後，留下一洞財產給他。

這妖怪被惠岸行者打敗，觀音菩薩勸他給東土來的取
經人做個徒弟，好將功折罪。

觀音菩薩和惠岸行者辭別豬悟能後繼續趕路，偶然遇
到西海玉龍三太子求救。他是因為縱火燒了夜明珠，
被告忤逆，過不了幾日就要被斬首了。

觀音菩薩和惠岸行者繼續趕路，不多時就看到金光萬道的五行山了。佛祖當年貼著的壓帖還在，觀音菩薩嘆息著和惠岸行者聊起當年大鬧天宮的孫悟空，不料他們的對話被當事人聽見。

如來這山還真厲害，壓了有些年頭了……

誰在山上議論，揭我老孫的短？

觀音過來一看，悟空還在五行山的老地方壓著呢。他求著觀音給自己一個改過自新的機會，觀音便讓悟空等待取經人來此救他，並保護恩人前往西天順利取得真經。

大聖！

菩薩叫我小名就行！

孫悟空、豬悟能、沙悟淨、白龍馬都被觀音囑託護送取經人去西天，可取經人長什麼樣呢？什麼時候來找他們呢？

就在他們等待的日子裡，一個肩負傳奇使命的孩子誕生了。

這就是未來的取經人了！

哇——

喵——

生了生了！是個男孩！

快看，有五彩祥雲！必定是祥瑞之兆！

《西遊記》中擁有法寶最多的人物是誰？

火眼金睛的專利是我的。

《西遊記》中出現過許多功效奇妙的法寶，在後面的故事中，你會看到更多的法寶、武器出場。「厲害的人物配厲害的法寶」可以說是《西遊記》的標配了。在這些琳瑯滿目的法寶中，有很大一部分都屬於或者曾經屬於同一個人物——太上老君。

太上老君是《西遊記》中擁有法寶最多的神仙，只不過他管不好自己的東西，因此那些寶貝經常莫名其妙流落到別人手裡。比如孫悟空的如意金箍棒，本就是太上老君親自在爐中用九轉鑌鐵鍛錘煉而出，後來被大禹求得放進東海做了定海神珍，最後又被孫悟空從東海龍王那裡要走了。

太上老君還鍛造了九齒釘耙，這個武器最終歸屬於豬八戒。而太上老君府上似乎戒備並不森嚴，總有法寶被偷走，比如他的紫金紅葫蘆、羊脂玉淨瓶、芭蕉扇、幌金繩、七星劍、金剛琢、紫金鈴分別被自己的童子金角大王、銀角大王、坐騎青牛精和觀音菩薩的坐騎金毛犼偷走，這可給孫悟空在西行之路惹了不少麻煩。

老給我惹麻煩！

「五行山」還是「五指山」？

初讀完《西遊記》，尤其是讀完〈困囚五行山〉這個故事之後，我們很多人都會認為「孫悟空是被壓在了五指山下」。有些影視化改編的作品中也把壓住孫悟空的那座山說成了「五指山」，而且中國有句俗語「逃不出如來佛的五指山」……這些資訊其實都誤導了大家。

實際上，在《西遊記》中，壓住孫悟空的是五行山而不是五指山。這裡的「五行」指的是金、木、水、火、土五行。雖然這些也是如來佛祖的五根手指幻化而來，但並不僅僅指五根手指。五行裡面還有更深層的中國古代哲學的象徵意義。

其實現實中，中國也真的有「五指山」。在海南省、四川省、河北省、廣東省都有五指山，它們大都是因為山的主峰很像五根手指而得名。當然，最出名的還是海南省的五指山了。

【海南五指山】

這攣生兄弟還真不少啊。

【四川五指山】　【河北五指山】　【廣東五指山】

我是正宗！我是正宗！

哼，正宗明明是五行山！

心猿意馬

「邪魔侵正法　意馬憶心猿」
——摘自《西遊記》第三十回

【釋　義】「心猿意馬」比喻人的心思流蕩散亂，如猿馬般難以控制。漢代魏伯陽的《參同契》記載過：「心猿不定，意馬四馳。」

【近義詞】三心二意

【反義詞】專心致志

一輩子也沒長大。

除了心猿，我還有個別稱叫作「石匣老猿」……我明明很年輕！

在《西遊記》中，「心猿」指的是孫悟空，在很多章回標題中都有「心猿」出現。比如「八卦爐中逃大聖 五行山下定心猿」、「心猿歸正 六賊無蹤」等等。

「意馬」指的是白龍馬，也在《西遊記》章回標題中出現過。比如「蛇盤山諸神暗佑 鷹愁澗意馬收韁」「邪魔侵正法 意馬憶心猿」。另外，在原著中八戒的別稱是「木母」，沙僧的別稱是「黃婆」。

第 5 章
猴王保唐僧

唐僧身世

轉眼五百多年過去了，人間已經是唐朝貞觀年間，此時唐朝的皇帝就是我們熟知的唐太宗李世民。唐太宗勤政愛民，此時的大唐太平富饒。貞觀十三年，唐太宗廣招賢才，各地才子都趕往都城長安應試。

金榜題名就可以光宗耀祖了。

是呀，不知道誰有這個本事。

貞觀十三年

考中狀元的是海州一個名叫陳光蕊（ㄖㄨㄟˇ）的才子。按慣例狀元要騎馬遊街三日，當陳光蕊路過丞相殷開山家門口時，正趕上丞相千金殷（一ㄣ）溫嬌在彩樓之上拋繡球招婿。殷溫嬌看到這個狀元郎才貌出眾，於是就用繡球擊中了他。

哎呀，練習了好久……

此處應該有掌聲！

恭喜狀元郎！

這丞相千金就是好看啊！

陳光蕊與丞相千金成親後，就被唐太宗派到江州做太守。於是他拜別岳父岳母，帶著夫人殷溫嬌趕往江州赴任。

女兒，這是你最喜歡的紅豆糕。

常回家看看。

岳父岳母，請多保重。

離開長安之後，陳光蕊先回老家把自己的母親接上，一同去江州赴任。這一天，他們在萬華店的劉小二家借宿。陳光蕊在店門口看見有人提著一條金色的鯉魚叫賣，便花一貫錢買下來，準備給母親做魚吃。沒想到剛接過魚，這條魚就衝著他眨了眨眼睛，陳光蕊大吃一驚，覺得這魚很有靈性，便向賣魚人打聽捕魚的地點，跑去那裡把魚放生了。

回家吧，別再讓人捉到了。

第二天，陳光蕊決定啟程，陳母覺得自己年歲大了，在炎熱的夏季趕路易生病，便讓陳光蕊帶著妻子先去赴任，秋後再來接她。

陳光蕊夫婦連日趕路，這天夜裡來到洪江渡口乘船。撑船的梢公一個叫劉洪，一個叫李彪（ㄅㄧㄠ）。這兩個賊人看到狀元夫人長得很漂亮，就起了不良之心。半夜裡他們殺死了陳光蕊和家童，把屍首都扔進了江裡。

眼看丈夫被殺，殷溫嬌也想跳江自盡，但是被劉洪攔住。她想到腹中已懷有陳光蕊的孩子，只得忍辱偷生，先順從了劉洪。

等船靠了岸，劉洪就穿戴上陳光蕊的狀元衣冠，拿了官憑，拖著殷溫嬌去江州上任去了。

從今兒起老子就是狀元郎啦，哈哈哈！

時間倒回到陳光蕊被殺的那一晚。那天，他的屍首被拋下船後沒有被水流沖走，而是沉到了水底，被巡海的夜叉看見了。夜叉便把陳光蕊的屍首抬來給龍王看，龍王認出這是自己的救命恩人。原來這龍王就是陳光蕊放生的那條金色鯉魚。

把這個定顏珠放在口中，屍身就不會腐壞了。先生的魂魄我也幫你從城隍、土地處取回，等時機合適，再將您送回去。

幾個月後，殷溫嬌生下一個兒子，她害怕兒子被賊人所害，就來到江邊，把嬰兒放在木板上讓他順水漂走，還留下一封交代孩子身世的血書。

以後全靠你自己的造化了。

哇——
這麼隨機……

這個命大的孩子順流而下，安然無恙地漂到金山寺，被法明長老收留。

我漂了好久！

順江來的，你就叫江流兒吧。

金山寺

江流兒長大後在金山寺出家，法名玄奘。他聰明好學，在寺廟僧人中脫穎而出。不過玄奘始終不知道自己的父母是誰，直到他長大成人後，法明長老才拿出當年殷溫嬌寫的血書給他看。玄奘讀完之後，當即哭倒在地。

玄奘一路化緣來到江州。這天，玄奘來到江州府門前，正好劉洪不在，殷溫嬌的侍女跑來告訴她外面有一個年輕的和尚求見。夫人發現這和尚言談舉止很像陳光蕊，就起了疑心。

看到自己當年寫的血書後，殷溫嬌確定這就是自己的
兒子。母子相認後，她給了玄奘一個香環，讓他去尋
找當年留在洪州的奶奶。殷溫嬌又寫下一封書信，讓
玄奘去皇城找外祖父殷丞相。

快去找你的外祖
父來救娘。

好的娘親。

玄奘趕去洪州的萬華店，打聽到當年父親留下的房租
用完後，奶奶無處可去，便住進了城南的破瓦窯裡，
後來只能靠乞討度日。玄奘在破瓦窯裡找到奶奶，老
太太這些年沒有兒子的音訊，已經哭瞎了眼睛。知道
了兒子一家的遭遇後，她抱著孫子大哭起來。悲喜交
集中，老太太的眼睛竟然重見光明。

你果然是我的
孫子，嗚嗚。

幸福來得太突然。

玄奘安頓好奶奶，又拿上母親的書信趕往京城，找到了皇城東街的丞相府，與丞相夫婦相認。丞相夫婦這才知道女兒、女婿的遭遇，心裡十分難過。

我要上報皇帝，給女婿報仇！

孩子你受苦了。

外婆！

原來我不是從江裡撿來的，我也有家人。

唐太宗李世民聽到殷丞相的控訴，立即派出六萬御林軍，殺到江州私衙。劉洪、李彪被痛打一百大棍，在洪江邊被處死。殷溫嬌與父親和兒子團聚，一家人祭奠陳光蕊，望江痛哭。

啊——

狀元郎，我們給你報仇了！

嚇尿了……

洪江

岸上的哭聲驚動了水府，龍王見時機成熟，便把陳光蕊送出水面。龍王還從城隍那裡把陳光蕊的魂魄取來了。

恩人，去你該去的地方吧！

娘子！

官人！

爹娘，你們忘了還有孩兒呢。

陳光蕊的魂魄歸位後，他便醒了過來，玄奘一家終於團圓了。不久之後，玄奘回到金山寺繼續修行。

這一年，唐太宗李世民要修建「水陸大會」，要選一名有大德的人做壇主，修設佛事。這個被選中的壇主就是當年回到金山寺繼續修行的玄奘。

你成績優異，這次就選你做壇主了。

多謝住持！

恭喜師兄！

佛寶入手

貞觀十三年九月初三，玄奘法師聚集了一千二百名高僧，在長安城化生寺講解佛經，唐太宗也率領文武百官趕來寺中上香，參拜羅漢。

善說，如實而說。現報，使人於現世得果報。

巧的是觀音菩薩受如來委託來大唐尋找取經人，這天正好來到長安城。她聽說唐太宗宣揚善果，選高僧來講解佛經知識，就變成一個身穿破爛衣服的和尚，到街市上售賣錦襴（ㄌㄢˊ）袈裟和九環錫杖。兩件寶物閃閃發光，很快就引來不少人圍觀。

怎麼賣？

袈裟5000兩，錫杖2000兩。

太離譜了吧！@唐太宗，呼叫老大！

真是絕頂好物！實不相瞞，這兩件寶物很適合我認識的一位高僧，我想都買下來送給他，師父您出價多少我都買。

真是好眼光！這兩件寶物是如來佛祖送的，如果遇到尊敬佛法、與佛有善緣的人，我願意白送！

竟然如此大方，太好了！速速叫高僧來！

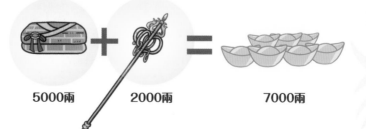

5000兩　　　　2000兩　　　　7000兩

唐太宗把袈裟和錫杖送給玄奘法師。玄奘法師穿上錦襴袈裟，手握九環錫杖，果然十分合適。

觀音菩薩還有一個意外發現：這位高僧正是如來佛祖身邊的金蟬子轉世——他就是命中注定的取經人。可怎麼點化他呢？觀音菩薩靈機一動，當場與玄奘辯論起來。

觀音菩薩拋磚引玉，隨後丟下一張簡帖，上面寫著十萬八千里外的大雷音寺有大乘佛法，能超度亡者升天。這時大家才發現老和尚是由觀音菩薩所變化而成，唐太宗、玄奘法師和滿寺僧人趕緊跪地而拜。

唐太宗受到觀音菩薩啟示，想要派人去西方求取真經。玄奘法師毛遂自薦，願意豁出性命前去取經。唐太宗便與玄奘結拜爲兄弟，稱他爲御弟，還把國號「唐」賜給他作爲姓氏。

菩薩說西天有經三藏，你就叫唐三藏吧。

多謝陛下賜名。

第二天一早，唐太宗就爲玄奘法師準備好了通關用的文牒、化齋用的紫金缽盂，還有一匹白馬以及兩個隨從。唐太宗將玄奘法師送到關外，並叮囑他不要貪圖富貴，忘記故土。

御弟呀，一路艱苦，你多保重！

陛下放心，我一定會克服困難，做一個不給大唐丟臉的「唐僧」。

❧ 身陷虎穴 ❧

就這樣，唐僧帶領兩個隨從出發了。他們一直走到深秋才走出大唐的邊界。這天，唐僧一行來到一座崎嶇的山嶺，不小心落入了虎妖寅（一ㄣˊ）將軍的陷阱。

寅將軍正想把他們吃掉，突然聽到手下來報，他的朋友熊山君和特處士來了。熊山君建議寅將軍只選擇其中兩個人來吃，把那個最白的和尚留一晚。

第二天唐僧還迷迷糊糊的時候，太白金星趕來把他救出虎穴，順便把白馬和行李也找了來。

這裡叫雙叉嶺，到處是山精樹鬼、怪獸蒼狼。你的前方自有神徒相助，我去也。

麻煩告訴後面幾集的神仙，救我的時候千萬千萬別遲到啊！

唐僧騎著馬在山嶺中繼續趕路，突然前方冒出兩隻老虎，後面又來了幾條毒蛇。他進退兩難，那匹白馬嚇得趴在地上，就是不肯起來。

沒有神仙相助，我是活不過這集了⋯⋯

千鈞一髮之際，不知從哪兒跳出一個手拿鋼叉的獵戶。那獵戶十分勇猛，三下五除二就殺死了老虎，嚇跑了其他野獸。

傳說中的武松？

武松還沒出生呢。

我是這裡的鎮山太保劉伯欽。

劉伯欽雖然看上去很兇猛，但卻有一顆良善之心。他見唐僧孤單行路，就邀他去自己家中，置辦了黃粱粟米飯、乾菜等素齋。吃完飯後，劉伯欽又護送唐僧到兩界山邊界。唐僧很感激，剛要與他話別，就聽到山腳下有人高喊。

聽說天上落下這座山壓住了個神猴。他不怕寒暑，以吃鐵丸喝銅汁為生。

我師父來啦！我師父來啦！

這倒是奇事，我們去看看。

搭救神猴

唐僧和劉伯欽來到山腳下，果然看見山腳下的石縫間有隻渾身是土的猴子露出頭來。原來他們已經走到了五行山，此刻對著他們大喊大叫的正是已壓在這裡五百多年的孫悟空。

師父，觀音讓我保您去西天取經。您幫我把山上的帖子揭下來，我就能出來了。

好，爬山我還是在行的！

唐僧好不容易爬上山頂，果然見到了如來佛祖貼在山頂的金字壓帖。

紋絲不動

弟子西天取經，要救這猴子，如果有師徒之緣，就讓我揭下這帖子。

經過鑑定，師徒關係匹配度100％！

悟空讓唐僧和劉伯欽走遠些。他們倆遵照悟空的指示，一直走到七八里外的山下。只聽一聲天崩地裂的巨響，五行山炸得四分五裂。

重獲自由的悟空，在山野中一路歡笑著狂奔。

渾身是草的悟空蹦跳著跑到唐僧面前跪倒，感謝師父
的搭救之恩。

唐僧師徒與劉伯欽分別後，剛走過兩界山，又遇到了一頭猛虎。

唐僧還沒來得及害怕，悟空就已經從耳中掏出如意金箍棒，照著老虎腦袋就是一下，老虎當場就死了。

悟空把虎皮圍在腰間，當作虎皮裙，神氣非凡。

打殺六賊

天色漸晚，師徒決定到農莊投宿。農莊的門剛打開，
開門的老人就被悟空雷公一般的臉嚇癱在地，唐僧趕
忙扶起老人家。

你小時候還在我跟前
打柴，怎麼我一出來
你反而不認識了？

老人家，莫怕！

啊！竟然是
那隻神猴！

老人又驚又喜，讓全家人好好招待了他們。悟空五百
年沒洗澡了，晚上痛痛快快洗了個澡，還穿上了師父
縫補的衣服，這就更像行者了。

我愛洗澡皮膚好
好，啦啦啦——

慈師手中線，
遊徒身上衣。

第二天早上，悟空與唐僧拜別老人，繼續西行。沒走一會兒，就遇到六個拿著長槍短劍的強盜。唐僧嚇得從馬上摔了下來，悟空扶起他，嘿嘿一笑就衝了過去。

六欲之賊哪裡是悟空的對手，眨眼工夫全被悟空的金箍棒打死了，身上的銀兩也被悟空拿走了。

師父您說晚了！

龍套哥，該領便當了！

莫——莫——要傷人！

悟空舉著銀兩跑到唐僧面前邀功，沒想到反而被師父訓斥一頓，責備他殺人行兇。悟空理解不了唐僧的想法，一氣之下跑了。

不打死強盜，強盜就來打死你。

他們即便是賊，也該交由官府處置，罪不至死。

哼，老孫五百年前不知打死多少人，這官司打起來，能打上一千年！

打死一個就是一條命，你卻打死六個鬧到衙門也沒理。

囉里囉唆，我不當破和尚了！吵死了！

所以你才受五百年苦難，現在進了沙門還行兇，怎麼上西天？

賜送緊箍兒

唐僧見悟空跑遠了，心裡空落落的，但又沒有什麼辦法，只好獨自一人揪著韁繩牽著馬，繼續趕路。他剛走了不遠，就看見一位老太太站在路邊。

> 長老，怎麼就你一個人呢？

> 新收的徒弟是個硬脾氣，我數落他兩句，他就氣跑了。

> 我猜他一定會回來的！他回來了，你就把這花帽給他戴。

> 咦，這個花帽有什麼奇妙之處嗎？

> 等他戴上了，你就這麼念，嘛咪嘛咪嘛咪……

> 這是？

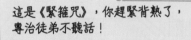

> 這是《緊箍咒》，你趕緊背熟了，專治徒弟不聽話！

老太太說完就化作一道金光離去了。唐僧這才明白，老太太是觀音菩薩變的。他趕緊背誦《緊箍咒》，把它牢記在心。

悟空從唐僧那裡跑走之後，直接來到東海探望老鄰居東海龍王，並告訴他自己打死強盜反被唐僧責備的事情。

那和尚嘮叨得很，不就是打死幾個強盜嗎？

哎呀，大聖此言差矣，我給大聖講個故事……

龍王講了秦朝末年「張良拾鞋」的故事來勸解悟空。

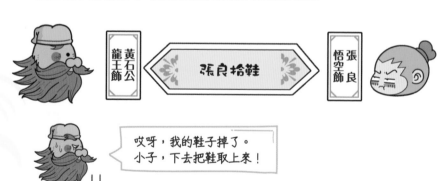

黃石公
龍王飾

張良拾鞋

張良
悟空飾

哎呀，我的鞋子掉了。小子，下去把鞋取上來！

哼，這老頭無禮。算了，不跟你一般見識。我去撿便是，給你鞋子。

我丟，我再丟，我還丟。

我撿，我再撿，我還撿。

替我穿上吧。

唉，看你老了，不跟你一般見識。

孺子可教。五天後的清晨，你來此與我會面。

啊？

五天後，張良一大早就來到橋上，發現黃石公已經到了。

竟然讓老人等你這個年輕人，五天后你再來。

好吧，下次我早點兒！

又過了五天，張良天沒亮就出發了，結果又晚了一步。

你又遲到了，五天後再來。

哼，下次我不睡覺了，直接出門！

又過了五天，張良半夜就出門了，到橋頭等了好一會兒，黃石公才出現。

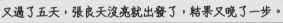

龍王告訴悟空，千萬不要因為一點點小矛盾誤了真正的大業，如果他不保唐僧去西天取經，不接受教誨，不歷經艱辛，就不能像張良一樣成就一番大業，到最後都不是正經的神仙。悟空猶豫了一會兒，決定重新回到師父身邊。

悟空回到了唐僧身邊，搶著要去給師父化齋，唐僧說包裹裡有乾糧。悟空一打開包袱，就發現了觀音菩薩留下的花帽。悟空想讓師父把這帽子送給自己，唐僧同意了。

有新帽子戴了！

試試咒靈不靈，菩薩啊菩薩，您可萬萬別跟我開玩笑。

唐僧念起了《緊箍咒》，悟空疼得上躥下跳，連連求饒。唐僧這才停下來，悟空摸摸自己的腦袋，發現花帽已經變成了緊箍兒，而且緊箍兒已經生了根，連金箍棒都撬不下來。

我該念念觀音菩薩教的那個《緊箍咒》了，嘛咪嘛咪嘛咪⋯⋯

哎呀！痛死我了！

我堂堂齊天大聖，居然被人暗算，我不服！

別念了！

悟空剛清醒，就冒出了個邪惡的念頭。他趁唐僧不注意，高高舉起金箍棒想要打師父。唐僧聽到動靜，又趕緊念起《緊箍咒》來。

悟空疼得受不了，終於求饒認錯。唐僧不再念咒，重新騎上馬，師徒兩個繼續向西行進。

最早的取經人並非玄奘法師

　　相信很多人通過《西遊記》瞭解到了唐僧的原型玄奘法師前往天竺求取真經的故事，但最早前往西天取經的人卻不是玄奘。中國歷史上前往西天取經的第一個人在東漢，名叫蔡愔。一天，當時的皇帝漢明帝做夢，夢到了西方的大佛，為印證此夢，便派遣蔡愔等十多個人去西域求取佛經。

　　三年後，兩位印度高僧攝摩騰和竺法蘭應邀和蔡愔及其手下一起用白馬馱載佛經、佛像一同返回國都洛陽。漢明帝見取回真經，一高興就修建了一座白馬寺來紀念這次友好的交流活動。因這次西域取經而修建的白馬寺，作為第一座官方修建的寺廟古剎，象徵著佛教在中原的興起。

看到這裡，可能有讀者會問了：唐僧是僧人，之前取回佛經的蔡愔是個大臣，那麼中國歷史上第一位西行取經的僧人又是誰呢？這個僧人名叫朱士行，他在洛陽鑽研、講解前人取回來的佛經時，感到翻譯的內容不是很透徹，講解起來很多詞義都不太清楚，於是他在聽說西域有完備的《大品經》後，就決心遠行去尋找原本，自己來翻譯。西元 260 年，年近六十的朱士行越過沙漠來到于闐國（今新疆和田一帶），果然得到《大品經》梵本。朱士行就在那裡年復一年地抄寫，共抄寫了 90 章，60 多萬字，並派弟子把抄寫的經本送回洛陽，自己仍留在于闐，直到去世。

朱士行

我是熱血老男孩！

去人成百歸無十，後人安知前者難！

法顯

西元四世紀以來，中國僧人就開始結隊前往印度朝聖。史料記載，在玄奘之前，東晉僧人法顯是第一個到達印度的探險者。更多的人不是迷失於朝聖途中，就是死於途中。

儘管有這些前輩鋪路，玄奘法師的西行之路仍舊非常艱難。不過比較幸運的是：玄奘受到了皇帝的禮遇，有國家為後盾支援他的事業；再加上後世巨著《西遊記》的推廣，玄奘法師以「唐僧」的身份聞名天下！

十萬八千里

「行者道：『十萬八千里。十停中還不曾走了一停哩。』」
——摘自《西遊記》第二十四回

【釋　義】「十萬八千里」是孫悟空一個筋斗雲所能翻的距離，形容相距極遠。

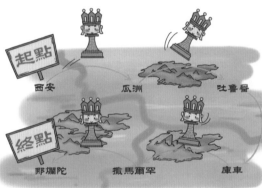

起點
西安　　瓜洲　　吐魯番

終點
那爛陀　　撒馬爾罕　　庫車

在《西遊記》中，從長安到靈山據說有十萬八千里的路程。但在真實歷史中，玄奘在曲折的取經路上大約走了五萬里，經過一百一十多個小邦國，最終到達印度那爛陀寺。

取經之路大部分是玄奘法師一個人走下來的，因此他絕不是《西遊記》中那個軟弱的師父，而是一個強健高大、身體條件好到能在缺乏徒步設備的唐朝艱苦穿越無人區，遭遇強盜也能平安脫險的猛人！

大多數厲害的人都是孤獨的……

一個能打的都沒有！再來！我要打十個！

這是唐僧還是魯智深啊……

第 6 章

禍起觀音院

收服小白龍

轉眼就到了臘月，師徒二人繼續趕路，來到蛇盤山的鷹愁澗。這條深澗的水浪很大，師徒倆正在想通過的辦法，突然從水裡鑽出一條白龍，把唐僧的白馬一口吞掉了。

 馬被吃了，這萬水千山怎麼走啊？

我去找孽龍還咱們的馬。

 你這一走我也被龍吞了怎麼辦？

師父，你又要騎馬，又不讓我
去找馬，這道題怎麼答？

就在這時，空中傳來一陣說話的聲音，悟空飛上天一看，原來觀音菩薩派了一隊神仙——六丁六甲、五方揭諦、四值功曹、十八位護教伽藍前來支援悟空。他們輪流跟在唐僧身邊，暗中保護他。

悟空把唐僧託付給神仙們後，自己飛到鷹愁澗上方叫
罵。正在休息的小白龍被悟空吵醒，聽到有人在罵自
己，便氣呼呼地衝出水面，誰知剛一露頭，迎面就飛
來一棒。

一番打鬥過後，小白龍撐不住了，逃回澗底。這回無
論悟空罵得多麼難聽，他都裝聾作啞，不肯露面了。

悟空大怒，用他的金箍棒把清澈的鷹愁澗攪得跟黃河一樣渾濁。小白龍在深澗中坐也不是，躺也不是，周圍被悟空的金箍棒攪得不得安寧，內心十分煩躁。

最後小白龍被攪得無處藏身，只能跳出水面，變成一條小水蛇鑽到雜草叢中。

拿了我的給我送回來，吃了我的給我吐出來。

晚啦，那匹馬已經被我消化了。

悟空在草叢中像打地鼠一樣亂打一氣，可是依舊找不到小白龍的蹤影。

悟空氣得直跺腳，反倒把當地的土地公給召喚來了。
他一聽悟空要找鷹愁澗的小白龍，就講起了有關這條
龍的故事。

原來小白龍是西海龍王敖閏的三太子，當年因爲誤燒
了玉皇大帝御賜的夜明珠，被定爲忤逆罪，並處以死
刑。

後來還是觀音菩薩向玉帝求情，玉帝才赦免了小白龍的死罪。觀音菩薩讓小白龍在鷹愁澗等待唐僧，保護他去西天取經。

> 我再也不玩火了！

> 好好保唐僧去西天取經，可免死罪！

土地公告訴悟空，只要把觀音菩薩請來就可以降伏小白龍。還沒等悟空動身，一路保護唐僧的五方揭諦（ㄉㄧˋ）之首的金頭揭諦便即刻飛到南海，把觀音菩薩給請來了。悟空一見觀音菩薩，立刻纏上來，要討個說法。他對菩薩哄騙自己戴上緊箍兒的事一直耿耿於懷。

> 我跟你沒仇啊，為啥變著法整我？

> 你這大膽的弼馬溫、愚蠢的毛猴！不謝謝我好心替你安排的修行之路，倒反過來吼我！

> 哇，菩薩果然是菩薩，當年一定是辯論賽冠軍。

觀音菩薩不跟悟空糾纏，把小白龍召喚出來。小白龍一見觀音菩薩，立刻化作人形跪倒在她跟前。

> 菩薩呀，取經人一直都沒有音信。

> 你不是剛跟取經人的大徒弟打完架嗎？

> 啊？這猴子和我一見面就打，從沒提過「取經」二字。

> 悟空，後面還有你兩位師弟，你要先問過再打！

> 那您是不是得給他們發個憑證之類的，要不我怎麼知道是真是假？

> 這猴子可真會辯……

觀音菩薩懶得跟悟空吵，走到小白龍身邊，用楊柳枝條輕輕拂了一下，小白龍就變作一匹神氣的白馬，比原先那匹更加壯實。

> 從現在起，你就化作白馬，保唐僧一路西行取經吧！

> 好的好的，我的本事可比之前那匹白馬強多了！

觀音菩薩點化完白龍馬後，正要離去，悟空見觀音要走，馬上耍賴，也想蹭點兒好處。觀音菩薩被他磨得不行，只得摘下三片楊柳葉貼在悟空腦後，變成三根保命毫毛，讓他在緊要關頭使用。

懶蛋，你是想討點兒好處吧？送你三根救命毫毛便是。

西方路遠，我不去了！我不去了！

入住觀音院

唐僧師徒又走了兩個多月的太平路，這天黃昏，他們借宿在位於山谷中的一個觀音禪院中。唐僧正在拜佛像，悟空卻到寺院裡把銅鐘撞得鐺鐺作響，全寺的和尚都被驚嚇得跑了出來。

媽呀，雷公爺爺！

俺老孫當了這麼久的和尚，還沒撞過鐘呢！

寺院的院主讓唐僧師徒入室喝茶，他們剛剛坐定，就有兩個小童攙出一個老僧來，他就是寺院的師祖金池長老。這位長老不同於尋常的僧人，一身珠光寶氣，看上去氣質十分怪異。

癡長二百七十歲了。

老院主高壽？

你不說話沒人當你是啞巴。

嘿，算起來只是我萬代的孫子呢。

方丈用華美的茶具招待唐僧，還打聽唐僧有沒有從大
唐帶來什麼寶貝。悟空爲了壓方丈一頭，便說出了觀
音菩薩賜的錦襴袈裟。

小師父，若說袈裟，
我可是收藏了七八
百件上等貨呢。

咱們的袈裟可是
觀音菩薩送的！

金池長老聽說唐僧帶來的寶物是一件袈裟，並不覺得
稀奇，還十分輕蔑地向悟空展示自己珍藏的幾十件袈
裟，果然件件價值連城。

跟我比寶藏收
藏，還沒有人
能贏！

就看一眼，怕什麼？
咱們天朝上國的高
僧，不能讓這些外
夷和尚給看扁了。

悟空啊，露財
會惹麻煩。

為了證明自己並沒有吹牛，悟空把包袱打開，剝了兩層油紙，把觀音菩薩送的袈裟緩緩鋪開。全院的和尚果然倒吸一口涼氣！只見那袈裟明珠佛寶，紅光滿室，簡直跟太陽在發光一般。

金池長老跪在唐僧面前，央求唐僧將袈裟借給自己看一夜。

唐僧非常擔憂，但悟空卻大方地把袈裟包好了遞給金池長老。

這天夜裡，金池長老和徒弟們在裡屋觀看袈裟，一想到還要把寶物還給唐僧，金池長老就控制不住地哭號。和尚們正不知所措，好在廣智和廣謀兩個和尚看出了老院主的心思，於是想出一條毒計。

我們殺了唐僧師徒，袈裟不就歸咱們了嗎？

廣智

唐僧容易對付，可他那個毛臉保鏢挺凶。不如我們放把火？

廣謀

老衲我耳朵有點聾，聽不清你們說什麼……你們就看著辦吧。

得，他謀財，我們害命……

得到金池長老的默許，觀音禪院的和尚們忙碌起來。他們等到半夜，就開始在客房的外面堆柴火。雖然唐僧睡熟了，但悟空聽到屋外有聲響，就變作一隻蜜蜂飛出去查看。

悟空本想把這些害人的和尚們都打死，但又怕唐僧責怪。他靈機一動，一個筋斗跳上南天門，找廣目天王借來了一個避火罩。悟空用避火罩扣住唐僧和金池長老的房間，保護好唐僧和袈裟。

然後他念了個法訣，吹起一陣風來，整個寺院頓時陷入火海。

寺院南邊二十里有座黑風山，山中有一頭熊怪。他和金池長老有些故交，發現寺院著火後就趕來救火。他注意到金池長老的房間裡霞光萬道，衝進去一看，原來是錦襴袈裟在發光。

大火一直燒到天亮，把觀音禪院燒了個精光。唐僧醒
來後剛走出客房，就被眼前的慘狀給嚇了一跳。

唐僧擔心袈裟被燒毀，就催著悟空去拿。正在灰燼中扒拉財寶的和尚們看見唐僧和孫悟空都安然無恙，才明白過來，這師徒二人不是普通的僧人。

一心惦記著袈裟的金池長老急急忙忙跑回自己的房間查看，發現袈裟不見了，立刻發瘋似的亂找。聽見唐僧來討要，金池長老羞愧難當，不敢吱聲，躲在房間裡又害怕又著急……僧人們打開房門時，發現金池長老竟然一頭撞死了。

悟空把整個觀音禪院翻來覆去找了很多遍，都沒有找到袈裟，只好把寺裡的和尚都叫到跟前來一一審問。

附近有座黑風山，山裡有個黑風洞，洞裡住著個黑大王，他是一隻黑熊妖！

你們這附近可有什麼妖怪嗎？

和尚們告訴悟空，黑熊妖和金池長老是老相識，平時關係還不錯，說不定袈裟就是被黑熊妖給偷走的。

小意思，小意思。

不遠不遠，離我們寺只有二十里，對神僧您來說，簡直就是小意思。

不管了，去看看就知道是不是黑熊妖偷的了。那黑風山離這裡遠不遠？

悟空決定去黑風山探個究
竟，立刻騰雲飛走了。和尚們見到悟空能夠召喚雲
彩，更覺得這師徒倆不是凡人，是神仙，對唐僧也越
發恭敬了。

悟空來到黑風山，只見三個妖怪正在籌備拿唐僧的袈裟開佛衣會的事。悟空聽完十分生氣，立刻從耳朵裡掏出如意金箍棒，抬手就朝那三個妖怪打去。黑熊怪和道士慌忙逃走，白衣秀士則被悟空當場打死，現出原形，原來他是條白花蛇。

ꕥ 戰黑熊怪 ꕥ

悟空追著黑熊怪一路來到黑風山黑風洞，洞裡的小妖們一擁而出，為黑熊怪助威。黑熊怪有了底氣，拎著黑纓槍應戰，小妖們也在洞口擺開陣勢。

沒想到這黑熊怪力大無比，和悟空鬥了一上午，也分不出勝負。

我當是誰，原來是弼馬溫！給玉帝看馬的芝麻官！

燒炭的，還你外公袈裟！我乃齊天大聖！

中午時，黑熊怪藉口要吃午飯逃回洞中。悟空氣得直咬牙。剛一擺脫悟空，黑熊怪就廣發帖子邀請各方魔王來參加他的「慶賞佛衣會」。

悟空見黑熊怪一直不出來，便躲在暗處觀察，正好看見從洞裡出來一小妖。悟空舉棒就打，小妖被打倒在地，悟空從他身上翻出黑熊怪送出的請帖。

悟空發現請帖裡也邀請了金池長老，心想這群妖怪一定還不知道金池長老已經死了這件事，於是，悟空就變成了金池長老的模樣前去赴宴。

看來資訊不發達是要吃虧的！

那老和尚居然和妖怪勾結，難怪活了這麼久。

假金池長老笑嘻嘻地恭賀黑熊怪得到了寶貝袈裟，黑熊怪十分受用，領著他去欣賞寶物。

悟空剛見到袈裟，就有小怪急急忙忙跑進來通報。

啊？你又是誰？！

看什麼看，不就是穿幫了嗎！打吧！

不好啦！觀音禪院的老院主撞死啦！送請帖的也被人打死啦！

黑熊怪舉起黑纓槍刺向假長老，悟空只得現出真身跟黑熊怪鬥作一團，他們倆又從洞口一直打到山頭。

眼看太陽就要落山了，黑熊怪又說肚子餓，一眨眼的工夫就化作一縷清風，一溜煙地回了黑風洞。

悟空覺得這樣打下去不是辦法，又想到觀音菩薩掌管觀音禪院，理應對此事負責，所以他一個筋斗雲來到南海普陀落伽山。觀音菩薩實在受不了悟空的胡攪蠻纏，只得跟著悟空一起到了黑風山。

觀音收熊

悟空和觀音菩薩剛到黑風山，就遇到了前來慶賀黑熊怪生日的老道士凌虛子。悟空不由分說一棍子將他打死，那凌虛子便現出蒼狼原形，原來他和那個秀士一樣，都是妖怪變的。悟空隨即讓菩薩變成凌虛子的模樣，自己則變成了一粒仙丹。

他和黑熊怪是一夥的。俺老孫一會兒要大鬧熊肚子！

他與你無冤無仇，你為何打死他？

假凌虛子托著假仙丹來到了黑風洞中。黑熊怪一見到仙丹，就一口吞了下去。仙丹剛進肚，悟空就在黑熊怪的肚子裡折騰起來。

黑熊怪肚內

被悟空這麼折騰一番，黑熊怪疼得滿地打滾兒，連連
磕頭求饒，表示只要悟空從肚子裡出來，自己就交還
袈裟。

小妖們把袈裟小心翼翼地呈上來，悟空也從黑熊怪鼻
子裡飛了出來。黑熊怪見肚子不疼了，還想上來和悟
空繼續大戰三百回合。

觀音菩薩看黑熊怪又不安分，立刻變回原形，同時拿出一個金箍兒，套到黑熊怪頭上。觀音菩薩優雅地念動咒語，黑熊怪便也像悟空之前一樣頭痛起來。

悟空還要打黑熊怪，卻被觀音菩薩攔住。觀音菩薩說她的落伽山缺一個守山的大神，這頭黑熊正適合去當個門衛。

悟空帶著袈裟返回觀音禪院。唐僧看到袈裟完好如初，十分欣喜。禪院的僧人們也都鬆了口氣，他們整理了一些乾糧和餘錢送給唐僧師徒。第二天一早，僧人們在觀音禪院門口目送師徒二人離開。

唐僧的行李除了錦袈裟還有什麼寶貝?

貧僧可是東土大唐皇帝的御弟,走到哪裡都代表著國家的臉面,肯定不能太窮酸!

這就是觀音院金池長老看中的錦袈裟,是我覲見各國君主和神佛的禮服。它面料考究,綴滿寶石,是獨此一家的非賣品!

唐王御賜的紫金缽(ㄅㄛ)盂(ㄩˊ),官家真品再加上名人效應,價格不菲。

我們也看中了這個。

我的九環錫杖,雖然只是登山用,但是撐撐門面還是很好用的。

通關文牒(ㄉㄧㄝˊ)上面有西行各國的大印墨寶,真本文物,價值不可估量!

別忘了還有不少散碎銀子,不然女兒國的船錢從哪兒來?

《西遊記》中的羊脂玉

　　《西遊記》原著記載，觀音院的金池長老為了顯擺自己的財富，招待唐僧的茶具是「一個羊脂玉的盤兒」「三個法藍鑲金的茶盅」「一把白銅壺兒」。其中羊脂玉這種珍貴玉石，從古至今一直備受中國人喜愛，成語「白璧無瑕」就是形容上好的羊脂玉。

　　《西遊記》的作者吳承恩無疑也是偏好羊脂玉的，除了金池長老的盤子，天竺國玉兔精的搗藥杵也是由混沌時代的羊脂玉琢磨成形，同樣材質的還有銀角大王的玉淨瓶。

白銅壺

琺瑯鑲金茶盅

羊脂玉盤

我的玉好，又薄又透亮如月。

我的玉好，打人一下命歸黃泉！

別忘了我的羊脂玉淨瓶！

　　由於羊脂玉細膩油潤的質地，加上淨白、光澤的特點，狀如凝脂，十分符合中國傳統文化含蓄的審美觀念：不張揚之美。漢高祖的皇后呂雉的皇后印璽就是由上好質地的羊脂白籽玉雕琢而成。

白
糯
油

淨
細

黃金有價玉無價！

呂雉

趁火打劫

> 「正是財動人心，他也不救火，他也不叫水，拿著那袈裟，趁哄打劫，拽回雲步，徑轉山洞而去。」
> ——摘自《西遊記》第十六回

【釋　義】該成語的字面意思是趁別人家失火時去搶劫，比喻乘人之危牟取私利。

【近義詞】落井下石

【反義詞】錦上添花

在前面的故事中，觀音院失火，黑熊怪趁著火災偷走了唐僧的袈裟——這就是典型的趁火打劫，一般用來比喻乘人之危牟取私利。

在古代，「趁火打劫」也是成書於明清時期的著名兵法《三十六計》中的第五個計策，指的是趁敵人為難之時爭取主動，為自己這一方謀求利益。歷史故事中運用到「趁火打劫」這一計策並最終贏得勝利的例子有很多。

「趁火打劫」作為一個兵法計策，其中的「火」，指的就是對方的困難、麻煩。敵方的困難不外有兩個方面，即內憂、外患。總之，抓住敵方大難臨頭的危急之時，趕快進兵，就能穩操勝券。《戰國策·燕二》中的著名寓言「鷸蚌相爭，漁翁得利」，也是「趁火打劫」的形象體現。

「趁火打劫」的原意是不道德的行為，但用在軍事上又變成了制服對手的妙計。沿用到現代，「趁火打劫」既可以指成語本來的貶義意義，又可以指代商戰中的計策。人們一般根據上下文語境來判斷成語的意思。

我來趁火打劫了！

過分！趁我兵馬分散的時候進攻。

第 7 章

計收豬八戒

入高老莊

唐僧師徒離開觀音院後又走了五六日。這天傍晚，他們來到一處山莊打算借宿。這山莊名叫高老莊，地處烏斯藏地界。

這少年名叫高才，是高老莊上高太公家的僕人。他被悟空纏得厲害，只好把唐僧師徒領到了家門口。不料，高才剛踏進院門，家主高太公就氣哼哼地要把他往外趕。

你怎麼又回來了？不是讓你趕緊去請法師來除妖嗎？！

老爺，外面有人主動找上門來降妖！

高太公

既然是遠道而來的和尚，說不定真的有些降妖的手段，招待！

他們是從東土大唐來的，要前往西天拜佛求經。

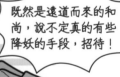

高太公趕緊換了衣服和高才出門迎接。唐僧相貌和
善，高太公就向他作揖。悟空又醜又凶，太公害怕，
以為又跑來一個雷公妖怪。

太公，你這沒見過什
麼世面啊！老孫我醜
歸醜，但我可是捉妖
界的TOP！

啊？
失敬，失敬。

家裡已經有了個妖
怪女婿，這怎麼又
來了一個啊？

唐僧師徒被請進內宅，高太公
愁眉苦臉地把自家的遭遇告訴
了他們。

聽說烏斯藏盛產
香豬，我懷疑妖
怪極有可能就是
一隻豬妖。

他一個人就能
耕完30個人才
能耕完的地。

他一個人能吃50個
人的燒餅啊……

原來三年前，高太公和夫人想給小女兒翠蘭招個上門女婿，撐撐門戶。一個自稱從福陵山來的黑胖漢子毛遂自薦，他子然一身、身強力壯，很快就得到了高太公和夫人的青睞。

這漢子雖然吃得多，但是幹活很勤快，頂得上幾十個莊稼漢！於是，高家決定招贅這個女婿。

你們這女婿招得還真划算。

沒想到婚宴當天，喝醉酒的女婿變成了腦後有鬃毛、長嘴大耳朵的野豬模樣！

高家想退掉這門親事，趕走這個妖怪女婿，就請來法師除妖。誰知請來的各種大師都不是那妖怪的對手。他會飛沙走石、騰雲駕霧，全莊的人都被嚇得不得安生。

更過分的是，那妖怪還把翠蘭關在後院裡，半年也沒放出來。

悟空聽完，拍著胸脯對高太公說，他一定會捉住這妖
怪，並讓那傢伙寫下退親文書。高太公喜出望外，領
著悟空去了後院。

鑰匙在妖怪那裡，
我若有鑰匙，也不
勞煩師父了。

鑰匙呢？

逗你玩呢，還當真
了，嘿嘿……

只見後院院門緊閉，門上掛著一把灌了銅汁的大鎖。
悟空一棒子砸開銅鎖，直接來到了後院黑乎乎的屋
裡。

哎嘿！

一個蓬頭垢面的女子坐在床邊，她正是太公半年未見的女兒高翠蘭。悟空把翠蘭救了出去，父女倆抱頭痛哭起來！

翠蘭告訴悟空，那妖怪防備著太公請的法師，因此常常深夜來，天亮就走。至於妖怪平時在哪裡，翠蘭也不知道。

假扮翠蘭

悟空想了個好主意，他讓高太公先帶走女兒，自己變成了翠蘭的模樣，準備等那妖怪晚上來的時候直接將其制服。

相公，你看老孫我漂亮嗎？嘿嘿嘿……

眼看著天色暗了，突然一陣狂風刮來，屋外的沙石塵土被風捲得四處亂飛。變成翠蘭的悟空定睛一看，發現半空中出現了一個妖怪……

這個黑臉短毛、長著豬嘴豬耳朵的妖怪摸黑走進後院的房間。假翠蘭在床上裝病，哼哼唧唧的。

妖怪簡歷
- 姓名：豬剛鬣
- 洞府：福陵山雲棧洞
- 履歷：前身為天宮的天蓬元帥，後因罪被玉帝貶下界
- 武器：九齒釘耙
- 法術：三十六變

豬剛鬣剛要撲過來，就被悟空一腦袋頂
了個跟頭。

哎呀，娘子，你的
頭怎麼這麼硬啊！

哼，今天我爹娘隔著牆，
丟磚打石叫了半天，他
們告訴我，已經請到了
厲害的法師來拿你。

俺老豬不怕。
我一亮名號，那些道
士就都嚇跑了。我可
是曾經的天蓬元帥！

悟空告訴豬剛鬣，這次高太公請的是五百年前大鬧天
宮的齊天大聖來拿他。豬剛鬣一聽，嚇得立刻跳起來
要逃走。

壞了壞了，那弼馬溫有
些本事，我弄不過他。

這妖怪還真老實，不
用動刑就什麼都招了。

原來是天蓬那小子，
怎麼更醜了？

溜了溜了。

悟空把臉一抹，顯出真身，豬剛鬣嚇得連衣服都掙破了，一眨眼就化作一陣狂風逃走。

豬剛鬣往天上逃，悟空就一路追到斗牛宮；豬剛鬣往地府逃，悟空就一路追到枉死獄……悟空一直追到了福陵山雲棧洞的洞口，還沒來得及喘口氣，豬剛鬣便化作一股狂風，逃回洞府裡躲了起來。

🌀 巧收八戒 🌀

這時候天已經亮了，悟空只能回到高老莊跟師父說明情況。高太公害怕唐僧師徒走後，豬剛鬣會來報復，便跪在悟空面前，求他一定要把妖怪消滅，永絕後患。

哎呀長老，這左鄰右舍都說高家有個妖怪女婿，鬧著要封鎖我們一家啊。

長老，您這徒弟不會是打不過那妖怪吧？

這……

那妖怪是一個天神下界，雖吃了你不少茶飯，但也沒少幹活，留著他也沒壞處。

看你出不出來！

悟空只得又跑到豬剛鬣的洞府，一頓亂棒把洞門打得粉碎。

弼馬溫，五百年了，你還是那麼沒禮貌！

俺老孫如今護送唐僧西天取經，有正經工作！

豬剛鬣起先不敢應聲，後來氣不過，扛著釘耙又跑了出來。

豬剛鬣狠狠用釘耙砸了一下悟空的腦袋，頓時金光四射。豬剛鬣的手都被震軟了，悟空卻紋絲不動。

臭猴子，你幹嘛不放過我？！我受了觀音戒行，在這兒等取經人，隨他同去西天，將功折罪！

你倒是挺會說，那菩薩也讓你娶媳婦了嗎？

等了幾年沒有消息，我就想先成個家……

你少來騙我。別以為編個故事我就會放過你。

是真的！若有半句假話，就讓我立馬得豬瘟。

難道這就是菩薩預告的——二師弟？

那你把這破山洞燒了，斷了後路，我才帶你去見取經人。

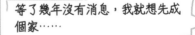

豬剛鬣乖乖地按照悟空的吩咐搬來木柴，把雲棧洞燒
得像個破瓦窯。悟空決定把他帶回高老莊，聽候師父
發落。悟空用麻繩把他給綁了起來，然後揪著他的一
隻豬耳朵一路飛回了高老莊。

快走，快走。

輕點兒、輕點兒，
揪得我耳根子疼。
猴子，咱們現在可
是同門師兄弟了。

豬剛鬣見到唐僧後，將觀音菩薩勸善的經過詳細說了
一遍。唐僧一聽是觀音菩薩介紹來的徒弟，趕緊向高
太公借了香案，讓豬剛鬣正式行了拜師禮。豬剛鬣
說，觀音菩薩已為他取好法名，叫豬悟能。

早知師父在我丈人家，
我就出來迎接，不用
被這猴子追著打了。

豬悟能

拜了師父之後，豬悟能提出個請求：他想開齋吃肉。因為，他在等唐僧的日子裡一直在吃素，斷了「五葷三厭」，終於等到了師父，決定開齋慶祝一下。唐僧果斷拒絕了他，還給他起了「豬八戒」的別名，好讓他時刻提醒自己要守戒。

你既然不吃「五葷三厭」，5+3=8，就給你取個別名叫「八戒」吧。

好名字，我以後就叫你八戒好了！

師父，我已經很久沒吃肉了！

高太公拿出一托盤金銀要唐僧收下，唐僧堅決不要。八戒不甘心，提出自己的衣衫被悟空撕壞了，硬要高太公白送自己一套衣裳和鞋。高太公一心想把八戒打發走，連忙送了他一套新衣服。

八戒沐浴更衣，一下變得乾淨清爽起來。告別高太公，唐僧師徒又踏上了新的征程。

呆子，行李以後歸你來背！

師父，大師兄欺負我。

我們出發吧！

本集完

豬八戒到底是白豬還是黑豬?

現在人們普遍認為豬八戒是一頭可愛的胖白豬。其實，豬八戒一開始並不是以白豬的形象登上舞臺的。在 20 世紀 60 年代風靡中國的紹劇《孫悟空三打白骨精》中，豬八戒還保持著相當傳統的黑豬形象。

老豬我無論什麼膚色，都是世間第一美男子！

在《西遊記》原書中，天蓬元帥投胎到了西牛賀洲烏斯藏地區。原書描寫豬八戒有著很長的獠牙，由此基本可以判定他是兇猛的野豬。而八戒的老丈人描述還沒有現出原形的女婿時就說他是個黑胖漢。

《西遊記》中，八戒唯一一次變回原形是在「七絕山打蛇」的故事中：「黑面環睛如日月……白蹄四隻高千尺」，可見八戒確實是頭黑面豬了。

八戒小課堂開講啦！
大家認真聽喲！

倒打一耙

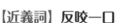

有個歇後語叫作「豬八戒敗陣——倒打一耙」。字面意思是「豬八戒以釘耙為武器，常用假裝敗陣後，轉身倒打一耙的絕技戰勝對手」。

【釋　義】自己做錯了，不僅拒絕對方的指責，反而指責對方。

【近義詞】反咬一口

【反義詞】以德報怨

法國中世紀有個著名的童話故事體現了「倒打一耙」。狐狸列那因為得罪了森林裡的動物，要被獅子大王處死。列那說自己有財寶願意獻出來，獅子大王就免了他的死罪，讓山羊和兔子去列那家裡取財寶。

狐狸趁山羊不注意咬死了兔子，又把屍首包起來謊稱這是財寶，讓山羊帶給獅子大王。山羊回去後面見獅王，這才發現兔子死了。

憤怒的獅子召見狐狸列那，沒想到列那反而問山羊為何獨吞財寶殺死兔子。獅子是個耳根子軟的大王，狐狸倒打一耙他就相信了，反而處決了無辜的山羊。